Tempo de CRESCER

Histórias de meninas e meninos

Domingos Pellegrini

Tempo de CRESCER

Histórias de meninas e meninos

1ª EDIÇÃO

DIREÇÃO EDITORIAL Maristela Petrili de Almeida Leite
COORDENAÇÃO DE EDIÇÃO DE TEXTO Marília Mendes
EDIÇÃO DE TEXTO Ana Caroline Eden, Thiago Teixeira Lopes
COORDENAÇÃO DE EDIÇÃO DE ARTE Camila Fiorenza
PROJETO FRÁFICO E DIAGRAMAÇÃO Isabela Jordani
CAPA Bruna Assis Brasil
LUSTRAÇÕES DE MIOLO Isabela Jordani
COORDENAÇÃO DE REVISÃO Thaís Totino Richter
REVISÃO Nair Hitomi Kayo
COORDENAÇÃO DE ICONOGRAFIA Luciano Baneza Gabarron
PESQUISA ICONOGRÁFICA Aline Chiarelli
COORDENAÇÃO DE *BUREAU* Everton L. de Oliveira
PRÉ-IMPRESSÃO Eliane Miranda
COORDENAÇÃO DE PRODUÇÃO INDUSTRIAL Wendell Jim C. Monteiro
IMPRESSÃO E ACABAMENTO A. S. Pereira Gráfica e Editora EIRELI
LOTE: 806501 - Código: 120003144

Crédito das imagens (fotomontagens):
Capa - Menino pulando: © Chayantorn Tongmorn/Shutterstock; Menina com pé na água: © Daxiao Productions/Shutterstock, Homem carregando mulher: © oliveromg/Shutterstock
Quarta Capa - Carro: © 2M media/Shutterstock
Página 10 - Carro: © 2M media/Shutterstock
Página 44 - Tênis: © Vladimir Sukhachev/Shutterstock
Página 58 - Partes do corpo: © Studio DMM Photography, Designs &Art/Shutterstock
Página 82 - Escorpião: © Eric Isselee/Shutterstock
Página 102 - Rã: © Birute Vijeikiene/Shutterstock
Página 124 - Flores: © Visual Hunt

Dados Internacionais de Catalogação na Publicação (CIP)
(Câmara Brasileira do Livro, SP, Brasil)

Pellegrini, Domingos
Tempo de crescer : histórias de meninas e meninos / Domingos Pellegrini. - 1. ed. - São Paulo : Santillana Educação, 2022. - (Veredas).

ISBN 978-85-527-1707-2

1. Literatura infantojuvenil I. Brasil. II. Título III. Série.

22-101219 CDD-028.5

Índices para catálogo sistemático:
1. Literatura infantil 028.5
2. Literatura infantojuvenil 028.5

Maria Alice Ferreira - Bibliotecária - CRB-8/7964

Editora Moderna Ltda.
Rua Padre Adelino, 758 - Quarta Parada
São Paulo - SP - CEP: 03303-904
Central de atendimento: (11) 2790-1300
www.moderna.com.br
Impresso no Brasil
2025

S·U·M·Á·R·I·O

0 p. 8
Tempo que nunca acaba

1 p. 10
Nossa estação de mar

2 p. 44
Homem ao mar

3 p. 58
Quadrondo

4 p. 82
Aprendendo a pescar

5 p. 102
Glória

Tempo que nunca acaba

O coração já bate bem antes de a gente nascer, quando os pulmões aprendem de repente a funcionar — mas o cérebro, esse vai crescer aos pulos, usando os cinco sentidos, conhecendo pela experiência e se ampliando com as descobertas e os desafios.

As histórias de *Tempo de Crescer* * passam-se justamente nesses dias em que, além da curiosidade e da vivacidade naturais da infância e da adolescência, acrescentam-se descobertas com suas revelações ou desafios para superação.

Algumas dessas histórias tirei da memória, como ***Nossa estação de mar*** e ***Homem ao mar***. A primeira vem da experiência comum a muitos meninos interioranos que, ao descobrir o mar, passam também pelo desafio permanente da convivência

---

* As histórias *Nossa estação de mar* e *Homem ao mar* foram publicadas originalmente no livro *Os Meninos Crescem* (Editora Nova Fronteira, 1977). *Quadrondo, Aprendendo a pescar* e *Glória* foram publicadas em *Meninos e meninas* (Editora Ática, 1986).

familiar, intensificado nas férias. A segunda história vem já do homem adulto e pai, a enfrentar o mar com o filho em desafio mortal, para cuja superação descobrem a confiança mútua, base das famílias.

Em ***Quadrondo***, uma menina enfrenta justamente a ameaça de dissolução familiar, descobrindo que a família se faz não apenas com união amorosa, mas também com superação conjunta de problemas.

Aprendendo a pescar traz novamente uma menina, a enfrentar um imprevisto que a faz descobrir a responsabilidade — palavra que vem do latim *responsus*, responder, pois ela responde com ações ao imprevisto que a faz cuidar do avô. É uma história também sobre solidariedade, que vem do latim *solidus*, sólido, forte, que é como se sente a menina que ajuda o avô que depois ajudará a família que os ajudou.

Em ***Glória,*** o crescimento não é apenas interior, na já mocinha protagonista, mas também na família, que cresce em cidadania.

Em todas as histórias, meninos e meninas crescem por dentro, caminhando na mesma direção: para a humanidade, para ser mais humanos, apesar de tudo ou por isso mesmo. E, como a última história revela, seus dias memoráveis serão sempre lembrados, como tempo que assim nunca acaba.

Domingos Pellegrini

Nossa estação de mar
1

Quando eu tinha dez anos, o ano tinha mais de quatro estações e todas ficavam nos dez dedos das minhas mãos. A estação dos piões deixava um anel caloso no dedo fura-bolo, onde a fieira apertava; e um furo na unha do dedão, onde o prego do pião girava até esquentar. A estação das bolinhas de gude marcava o nó do dedão com um calo grosso, rachado igual terra seca. Logo começava a estação dos rolimãs, e as rachaduras desse calo se enchiam de graxa até a estação das mangas. Então a mão se cobria com o limo das mangueiras, uma placa visguenta. Depois, a mão fedia: na estação dos papagaios eu vivia com alho no bolso: era só esfregar no dedo e segurar a linha de alguém que antes tinha derrubado seu papagaio, e dali a pouco despencava com a linha roída. Na estação do "bafo" a mão criava calos nas bordas, e acabava com cheiro de pena queimada, de tanta cuspida pra grudar as figurinhas na pele. Depois a estação do "bete", a das tampinhas, a dos saquinhos de areia, todas lavrando cortes, calos e cheiros nas mãos, além do calo que uma caneta deixava no pai-de-todos quando tinha que copiar, na escola, duzentas vezes uma frase.

Naquele tempo a escola era o único lugar onde eu parava quieto, durante horas sem correr ou pular, porque nunca tinha viajado. Mas o pai comprou um carro e, depois do passeio inaugural, com minha mão avisando de todas as placas e esquinas, ele anunciou na janta:

— Este ano vamos ter estação de mar.

Eu conhecia o mar como uma lagoa grande, distante e sem graça nas figurinhas, onde aparecia às vezes verde e às vezes azul. Agora a gente ia conhecer o mar realmente, e para mim era como uma nova estação onde entravam todos — o pai, a mãe, Alice, eu e Linalva, nossa empregada que já tinha visto o mar de passagem quando veio do Norte. O pai começou a falar de ondas que rebentavam espumando, mas a gente podia furar mergulhando, e já comecei a achar ótimo o mar. A mãe ia tirando a mesa e, a cada vez que vinha da cozinha, dava conselhos lembrando os perigos do mar, os buracos na areia feitos pelas ondas, as queimaduras de sol, os tombos nas rochas, o que me fez esperar mais ainda do mar. E o pai avisou: partida dali a três dias, todo mundo que se preparasse para nossa estação de mar.

Não me preparei, mas no dia me acordaram às cinco da madrugada com tudo preparado para mim. Nem tive tempo de perguntar por que levantar tão cedo se era pra passear, a mãe e o pai distribuíam ordens. Eu devia levantar logo e me lavar, escovar os dentes e trazer a escova. Devia comer pão com manteiga, café com leite, um ovo cozido e uma banana, mesmo que não tivesse fome, ninguém ia ficar parando na estrada pra eu comer. Então fui urinar e quase durmo sentado na privada. Mas bateram na porta, vamos, guri, ninguém vai ficar te esperando a vida inteira, e também batiam portas de armários, fechavam malas, enchiam sacolas. Coma logo isso que seu pai já levou as malas. Linalva, cozinhe uma dúzia de ovos. Cadê aquela bolsa vermelha, alguém viu aquela bolsa? Você tem certeza de que esse carro aguenta até a praia? Desliga esse rádio, moleque, rádio de carro só com o motor funcionando. Enfia esta blusa que ainda é madrugada, não quero saber, enfia logo. Não vamos esquecer de desligar a luz. Não seria melhor fechar também o registro da água? É a primeira vez na vida que vou entrar num carro, Linalva falou entrando com muito cuidado como se o carro fosse quebrar. Mas vai pro teu lugar, moleque, lá atrás, sim senhor. Tira o pé do banco, dá lugar pra tua irmã e não abre o vidro, que vento dá dor de ouvido.

E assim partimos para o mar.

Dormi e acordei com o sol, as pernas querendo esticar e o motor roncando na cabeça. Alice também acordou e logo brigamos nem lembro o porquê, então ela passou para o banco da frente, junto da mãe, naquele tempo em que nem existia cinto de segurança e podiam ir três na frente. Eu continuei atrás sentindo o que mais ia sentir naquele carro, que era falta do que fazer. Passavam os mais compridos canaviais e cafezais do mundo, comecei a empurrar os bancos da frente com os pés, mas não podia. Comecei a tirar fiapos das capas dos bancos, também não podia. Examinei o cinzeiro por dentro e por fora várias vezes, comi ovos cozidos e chupei laranjas, descascadas pela Linalva porque eu podia me cortar com a faca. Quando lembrei do rádio, a mãe falou logo que não suportava rádio em viagem, e o pai falou que também não ia parar pra erguer a antena, de modo que chupei mais umas laranjas e descobri que o tapete de borracha podia virar um megafone, mas não podia, de modo que descasquei mais um ovo com todo cuidado pra não triscar a clara e comi só a gema. Daí fui descobrindo tudo que não se pode fazer num carro. Ler chapas, por exemplo.

Quando li em voz alta a chapa do primeiro carro na frente, a mãe disse que ia testar nossa visão. Mandou ler chapas ora um, ora outro, depois achou que a gente enxergava muito bem, devia ser herança do pai dela, que já estava bem velhinho sem nunca usar óculos. Continuei a ler as placas em voz alta, repetindo a mesma placa enquanto o pai não podava o carro da frente, até que ele falou encheu, isso já encheu, hem, por que eu não lia só uma vez cada placa? Não passou muito tempo e aquilo também encheu todo mundo, aí Linalva falou que por dentro, na cabeça, eu podia ler quantas vezes quisesse, mas isso logo me encheu.

Quando descobri que só podia ficar ali sentado sem fazer nada, senti saudade da sala de aula, onde, se tinha de ficar sentado, ao menos tinha sempre o que fazer. Enquanto isso, a mãe ia apontando paisagens e tantos lugares bonitos, bom seria ir parando e visitando, e o pai falou que assim não chegaríamos nunca. E só parou depois de Alice realmente se irmanar, os dois com uma coceira que a mãe logo falou ser formiga na bunda ou foguinho no rabo, e falou pro pai parar antes que. Antes que o quê, perguntei, e ela: nem vou responder.

Num posto de gasolina esticamos as pernas, urinamos e tomamos guaraná, o pai tomou café, o carro bebeu gasolina. Demônios devem rondar os postos de gasolina, diria depois a mãe, lembrando que naquela viagem eu sempre ficava com o demônio no corpo depois de parada num posto. Ficar com o demônio no corpo é não conseguir parar de fazer qualquer coisa pra não continuar parado, só isso, mas até Linalva reclamou que eu não parava de mexer em tudo, como se tivesse muita coisa no que mexer dentro de um carro.

Quando a mãe virou pra trás e falou pare, pa-re antes que, resolvi comer mais um ovo, assim podia descascar quebrando bem a casca com pancadinhas, pra depois passar um tempão arrancando pedacinho por pedacinho, mas agora não podia mais comer ovo porque estava perto da hora do almoço. Laranjas ainda podia, com o pai pelo retrovisor vigiando se eu botava as cascas e os bagaços e sementes no saquinho de lixo no colo de Linalva, e a mãe falou que eu não tinha tampa, parecia um buraco sem fundo, e acabaram-se as laranjas. Quando comecei a estalar a boca, o pai falou que a mãe devia fazer alguma coisa porque aquilo era a coisa mais irritante do mundo, e ela falou que estalando a boca pelo menos eu ficava quieto com o resto, aí ele falou que ela sempre estava de acordo com qualquer coisa quando era pra contrariar ele, e ela falou que falou, ele falou mais ainda e de repente estavam discutindo os hábitos e defeitos um do outro, até que ela cruzou os braços e virou a cara para o outro lado, sem falar mais até o pai perguntar onde vamos almoçar.

Oooonde, o carro ia roncando e ela disse que melhor era entrar numa cidade, pra achar comida de verdade, mas para o pai melhor seria uma lanchonete de posto ou restaurante de beira de estrada, pra não gastar tempo e gasolina. Mas assim podia era ganhar uma intoxicação, além de ter de comer com talheres engorduradinhos, que nojo, e ele falou jogue fora, jogue pela janela, e ela perguntou o quê, os preconceitos, ele falou, jogue fora os preconceitos, por que teria de ser sujo um restaurante só por ser na beira de estrada? Então ela falou pare onde quiser e faça o que bem lhe convier, porque já perdi o gosto de viajar e, aliás, quer saber duma coisa? Falou para a paisagem que, por ela, podiam voltar dali mesmo. Aí ele falou pro retrovisor: Quer saber duma coisa você também? — e fez meia volta. Eu pensei que nunca ia ver o mar.

O motor foi rodando enfezado naquele silêncio, cada vez mais enfezado, porque o pai foi acelerando até ter de brecar numa curva e o carro dançou pra lá e pra cá. A mãe não abriu a boca, mas ficamos todos ouvindo o silêncio dela, tão pesado que o carro começou a andar devagar, tão devagar, que parecia pedir pra parar, e o pai parou num posto de gasolina com churrascaria. Como o posto era do outro lado da estrada, teve de dar outra meia-volta, de modo que ficamos de novo na direção do mar. Quando o pai parou no pátio do posto, falou: essa mulher não vê que onde tem muito carro parado é porque a comida é boa. Na verdade só tinha nosso carro parado ali, entre muitos caminhões, e a mãe falou com o que ele chamava de cara de mártir: descem vocês, meus filhos, vai com eles, Linalva, hoje vocês vão comer comida de motorista de caminhão. E ele: isso, meus filhos, vamos que decerto o pai vai envenenar vocês. Quando saímos ela botou a cabeça fora da janela e falou cuidado, Linalva, olha bem essas carnes e não deixa eles nem chegarem perto de maionese; fruta só lavada e água só mineral.

Comi carne com maionese com o pai olhando agradecido, mas quando pedi um gole de cerveja ele não deixou. Linalva, depois que encheu o prato de ossos, começou a apertar as mãos e suspirar olhando lá pra fora, até que o pai falou pra ela levar uma sobrecoxa de frango, um pão e um copo de leite pra mãe lá no carro. Linalva vacilou, ele falou que a mãe gostava muito de frango com pão e leite. Falei que nunca tinha visto a mãe comer aquilo, ele falou que foi antes de eles se casarem, ela ia lembrar. Realmente a mãe lembrou, porque o copo voltou vazio e, quando voltamos pro carro, ela estava com outra cara. E, como o carro já estava na direção do mar, o pai tocou em frente e fomos passando pelas mesmas paisagens.

A mãe perguntou ao pai se ele tinha bebido, ele disse que só uma cervejinha, e começaram a falar de novo das paisagens, ele perguntou se o frango estava bom, ela disse que sim e eu falei que a maionese também. Aí a mãe azedou, virou a cabeça e ficou olhando a paisagem, passamos um túnel e ela saiu dele ainda olhando a paisagem. Depois avisou que não ia mexer uma palha se a gente ficasse com o intestino solto, e que eu podia soltar até as tripas que ela não ia nem se incomodar. O pai lembrou que eu tinha misturado laranja e ovo na barriga a manhã inteira, e que maionese também é mistura de ovos com limão, portanto... Mas a mãe não falou mais nada até começar a chover.

O diabo, como disse Linalva, é que a maionese começou a fazer efeito justamente quando o pai mandou fechar todos os vidros por causa da chuva. A primeira vez em que o cheiro ficou preso ali, o pai perguntou quem foi, a mãe perguntou pra Alice se tinha sido ela, depois pra mim, e concluiu logo que só podia ter sido eu, embora eu lembrasse que Linalva também tinha misturado ovos com laranja. E no começo foi até engraçado, o pai dizendo que eu parecia usina de açúcar, que mastiga a cana doce mas deixa o ar azedo, e Linalva lembrou que lá no Norte uma comida que empesteia muito os intestinos é mistura de carne de bode com uma frutinha que ela não lembrava o nome.

Na segunda vez o pai falou que a usina estava a todo vapor, Alice ficou olhando minha barriga e a mãe falou ao pai que, do jeito que ele falava, eu podia até acabar achando que aquilo era uma coisa muito bonita. Na terceira vez, o pai não falou nada, só mandou abrirem os vidros e se abanou com a mão. Na quarta vez, falou que agora já chegava e que eu parasse de gracinha porque não tinha graça nenhuma, mas a mãe falou que aquilo era uma coisa natural e ele não podia forçar um menino a se segurar. Discutiram os intestinos e a natureza, a minha sem-vergonhice ou o mal que faz maionese de restaurante. Ele falou que decerto a maionese ainda nem tinha chegado no meu intestino e... teve de abrir de novo o vidro e respirar com a cara pra fora. Falou abram, abram, mas a mãe falou não, estava chovendo e era melhor sufocar do que arriscar um resfriado. Então ele foi fechando e abrindo o vidro até dizer que estava com o ombro molhado, e ela: pior é a vontade de vomitar com esse fedor do teu filho. Realmente, ele concordou, mas, por ele, eu podia até pegar pneumonia e, já que ele estava com o ombro molhado, ia continuar com o vidro aberto o tempo todo pra não ter de ficar abrindo e fechando tanto, e ela fechou a cara de novo.

Em São Paulo a maionese parou de fazer efeito, anoitecia e Alice resmungava o tempo todo no colo da mãe, até que ela passou a ser uma menina cheia de nove-horas e eu um menino quieto que devia ser imitado. É que eu estava com sono ou cansaço de ficar sem fazer nada, já nem tinha vontade do pai parar em mais um posto pra tomar café e eu ir junto esticar as pernas e comer um bombom. Já não sentia mais fome de nada, só vontade de afundar, mas, quando afundava a cabeça no colo de Linalva, dava vontade de levantar — até que acabei ficando de novo um moleque encapetado, conforme o pai, a mãe falando que aquele carro estava mesmo um inferno e que ela não ia aguentar mais meia hora.

Quando apareceram as luzes o pai falou: Eh São Paulo que não para de crescer!... e a mãe perguntou se ele ia saber dirigir naquela baita cidade. Ele falou que não precisava rodar muito pra achar um hotelzinho mais ou menos, e conhecia a entrada como a palma da mão. A mãe lembrou que ele não ia a São Paulo desde solteiro, e falou também que ninguém ia dormir em algum muquifo... Aí ele falou bem compreensivo e devagar que a gente não precisava gastar um dinheirão pagando hotel de primeira pra dormir uma noite só, e ela falou que ninguém dorme mais de uma noite cada vez. Mas, ele rebateu, numa noite de hotel bom em São Paulo a gente ia gastar mais que semana de aluguel de casa na praia. Linalva começou a falar: Vocês podem me deixar numa pensão mais barata e amanhã... — mas a mãe mandou todo mundo fechar a matraca que aquilo quem ia resolver era ela.

O pai disse que estava a ponto de perder a paciência e eu vi que estava era numa rua com mais carro do que eu tinha visto na vida inteira. Começaram a buzinar e a mãe falou que estavam buzinando pra nós, Alice perguntou como é que sabiam que a gente ia chegar e o pai mandou todo mundo calar a boca porque tinha de se concentrar. A primeira placa de hotel que apareceu fui eu quem leu primeiro e dizia Hotel Paraíso, mas a mãe achou que não enganava ninguém só pelo jeito do prédio e ainda mais com aquele nome, quem é não diz. Aqui e ali buzinavam pra nós e o pai ia em frente como que tocado pelas buzinas, até não saber se contornava um viaduto ou se ia em frente, de maneira que acabou virando antes do viaduto e acabamos numas ruas escuras onde disseram que hotel, do jeito que a mãe queria, o mais perto era do lado do tal viaduto.

Quando o pai tentou voltar para o viaduto, acabou numa rua movimentada com mais carros buzinando e se perguntou por que buzinavam de noite, a mãe falou estão é buzinando pra você, ele então perguntou se aqueles danados não podiam parar um minuto. A mãe falou que ele é quem devia parar duma vez e perguntar pra um guarda. Que guarda, ele falou, era de noite, e ela: pois é, os guardas devem estar com suas famílias em casa, não dava saudade de casa? Discutiram isso rodando um tempo, até o pai parar e ela perguntar a alguém na calçada depressinha onde tinha um hotel, e a pessoa apontou em frente, em frente, e passamos de novo pelo Hotel Paraíso, o pai xingando o maldito trânsito de São Paulo e o lazarento do espelho retrovisor que entortava todo minuto, porque você, disse a mãe, fica o tempo todo mexendo nele, e ele deu um tapa no retrovisor que simplesmente caiu.

Quando passamos pela terceira vez pelo Hotel Paraíso, o pai falou: Quer saber duma coisa? e enfiou o carro no estacionamento. Na portaria, o porteiro falou que tinha só dois quartos de casal, e o pai: é, ficamos nós num quarto e eles dois no outro com Linalva. A mãe: não, meus filhos ficam comigo. O pai: quer o que, que eu durma com Linalva numa cama de casal? A mãe: ela vai achar lindo dormir numa cama de casal, não vai, Linalva? E Linalva com aquela cara de tonta: não sei, nunca dormi numa cama de casal...

Então tá resolvido, a mãe bateu as mãos, só faltava ver os quartos. Era num tempo em que quarto com banheiro ainda era só em hotel chique, e ela perguntou se ao menos tinha pia no quarto, não tinha, mas o banheiro era pertinho, disse o porteiro, logo ali no fim do corredor e muito asseado. A caminho dos quartos, no primeiro degrau ela reclamou da escada. No meio da escada, disse que já ia sentindo o bafo do tal banheiro. Quando o porteiro abriu a porta do primeiro quarto, ela estatelou como levando um tapa e falou que o cheiro de mofo só faltava derrubar a gente. O pai pediu para o porteiro desculpar que ela era assim mesmo.

Assim mesmo é a filha da lesma, ela falou pegando toalhas na cama, na mala pegou a sacola de banho, pegou Alice e eu pela mão e fomos para o banheiro lá no fim do corredor, tomar banho enquanto o pai e Linalva buscavam as malas e o porteiro trazia colchonetes. Quando saímos do banho, ela decerto esperava voltar ao quarto e dar com as malas e os colchonetes já lá, e parou na porta vendo que era preciso tirar as malas de em volta da cama para deitar os colchonetes e daí arranjar lugar para as malas, e achar nas malas nossos pijamas, e enquanto isso o pai estava deitado na cama lendo jornal. Ela perguntou se ele não podia ao menos fazer a gente escovar os dentes e ele só falou tá bom, vão escovar os dentes. Nós fomos antes que, e ela brigou com as malas até conseguir achar tudo o que queria, aí Linalva bateu na porta, entrou toda risonha e falou nossa, cabe três eu na cama, daí ficou séria ali em pé com as mãos na barriga, nem precisava falar nada pra lembrar que era hora da janta, mas o pai tinha aberto a janela e agora estava olhando aquele, como falou, mar de buzinas, e a mãe: pois é, e a gente aqui numa ilha onde não dá nem pra fazer xixi.

Ele engoliu, lembro do pomo-de-adão subindo e descendo sempre que ouvia algo que tinha de engolir, e saiu dizendo que ia com Linalva buscar comida. Voltaram com pastéis de carne, frango e palmito, quibes com queijo e leite em saquinhos de papel, novidade naquele tempo. A mãe falou que ao menos uma coisa ele tinha acertado, assim não precisavam usar copo de hotel. Pegou algodão e água oxigenada, lavou um bico de cada saquinho, cortou com tesoura também lavadinha, e nos deu dizendo tomem, é a primeira vez que vocês vão mamar não no meu peito, e aquilo acabou sendo a melhor coisa daquele primeiro dia da nossa estação de mar.

Depois quisemos guardar nossas tetas, como disse Alice, mas a mãe avisou que, sem lavar, só iam servir pra chamar baratas à noite, e quem ia dormir no chão não era ela... O pai estava de novo lendo o jornal deitado, ela perguntou se ele sabia onde era o cesto ou latão ou fosse o que fosse onde deixar lixo, e ele respondeu não sei. Será – ela perguntou ao teto – que este maravilhoso hotel não tem nem onde botar lixo? Ele não respondeu, ela pegou folhas do jornal, embrulhou os saquinhos e deixou no parapeito da janela. E fechou a janela, ele falou tá calor, pra não entrar pernilongo, ela falou e ele abriu a janela, se ela quisesse morrer abafada ele ia dormir noutro quarto com Linalva, mas ela só falou vai e apagou a luz. No escuro ele falou é, tomei banho, tô limpinho, devia mesmo ir a algum lugar onde tratem homem com respeito. Vai e volta bem tarde, ela falou, você sabe que eu durmo mesmo é na primeira parte da noite.

Ela acendeu o abajur na mesa de cabeceira, disse que com aquele abajur parecia até quarto não sei do que. Perguntei do que, ela disse que eu devia era ficar quieto e dormir que a Alice já estava no segundo sono.

No dia seguinte acordei com buzinas e vi a mãe sentada na cama de casal com o mata-moscas na mão, tão igual ao de casa que fui ver e era ele mesmo com as marcas que eu tinha feito pra cada mosquito matado numa tarde de castigo na despensa. Depois, para ela o café da manhã tinha pão murcho, manteiga rançosa, café sem gosto, bolo sem graça e salada de frutas de duas frutas só. Para mim, contando ainda o pudim e o chocolate quente, foi o melhor café da manhã da minha vida até então.

Quando entramos no carro, o pai e a mãe ainda discutiam o problema dos pernilongos, ela dizendo que não conseguia dormir com pernilongo no ouvido e ele que não dormia de luz acesa, tudo depois que eu tinha dormido. E além da luz acesa, ele falou, com abafamento de janela fechada é como dormir numa sauna. E ela cantarolando: acontece que não tinha telinha na janela, então... Ele enfim disse bem, agora se você pensa que na praia vamos achar casa pra alugar com ar-condicionado, pode tirar o cavalo da chuva. Eu nem tenho cavalo, ela cantarolava, e não tinha telinha na janela... Ah, ele rosnou, isso de pernilongo você pegou de uns tempos pra cá, porque na viagem de casamento, por exemplo, sempre dormi de janela aberta e nunca ouvi reclamação. E ela já sem cantarolar: acontece que naquele tempo eu era besta feito Jó, teve dia de amanhecer com o corpo empipocado de coceira, o braço em carne viva de tanto coçar. Ele: ah, se fosse assim, esse povo da roça já tinha morrido de pernilongo. Ela: é, mas eu nunca vivi na roça nem tenho o couro grosso da sua família.

Daí começaram a discutir os defeitos das famílias de cada um, as sogras e os cunhados e cunhadas, e aproveitei pra puxar fios da capa do banco do pai, até abrir uma clareira do tamanho de um palmo. Naquele tempo não tinha cinto de segurança, Alice tinha ajoelhado no banco da frente virada pra trás e, vendo o que eu fazia, começou a esfiapar também o ombro do banco da mãe. Logo a mãe disse que não podia fazer aquilo, ela disse que podia porque eu também estava fazendo atrás. Aí pai e mãe pararam de discutir pra examinar os estragos e concordar que eu era mesmo um capeta em forma de gente, que parecia gostar de infernizar a vida de todo mundo. Falei que não queria infernizar a vida de ninguém, só queria viajar na frente porque afinal eu era o mais velho mas era gente também, não era?

Alice chorou passando para o banco de trás, mas eu gostei de passar para o banco da frente sem o pai parar o carro, fui de cabeça até os pés da mãe. Quando me ajeitei, fui descobrindo que ali havia tanta coisa a fazer como lá atrás, quase nada, porque todos os botões do painel eram perigosos, não podiam ser puxados nem apertados nem tocados, conforme o pai, e conforme a mãe eu devia mesmo esquecer aqueles botões para o resto da vida, antes que causasse um desastre... Quando deram vez, falei que era muito bonito viajar no banco da frente, pra Alice não perceber como era muito melhor no banco de trás.

A mãe tinha prometido à vó que a gente ia passar em Aparecida do Norte antes da praia, e o pai de vez em quando falava ah, passar em Aparecida, fazer o quê? Em Aparecida, ele rodou até a mãe escolher um restaurante, mas ainda no carro ele perguntou como podia ela escolher assim vendo só por fora, e ela falou ah, é só ver se tem cara boa. Mas o restaurante de cara boa acabou não servindo, porque os copos estavam manchados e um guardanapo tinha uma mancha amarela que só Deus sabia o que podia ser. Voltamos ao carro e falei que ia no banco de trás, Alice sentou no da frente e ficou procurando as vantagens que eu tinha falado. O pai deu a partida, tocou o carro, mas a mãe achou que o restaurante do lado, ali mesmo, servia bem pra nós, então o pai quis voltar a estacionar no mesmo lugar, mas não dava mais, teve de dar a volta no quarteirão e se perdeu, só tempo depois fomos parar num outro restaurante que nem tinha cara boa, conforme a mãe, mas era o que Deus tinha mandado, conforme o pai, porque ali tinha vaga pro carro. Ali comenos uma comida sem graça conforme o pai, muito limpinha e é isso que interessa conforme a mãe. Alice e eu aproveitamos pra descobrir que num restaurante a gente podia ler o cardápio e pedir o que quisesse, desde que fosse a mesma coisa que o pai e a mãe iam pedir depois. Descobri também que camarão devia ser comida mais perigosa que maionese, e, no entanto, vinha do mar para onde a gente ia, e assim o mar parecia uma coisa cada vez melhor.

O garçom falou o horário das missas, mas não ia dar tempo, o pai disse melhor seguir em frente sem nem ir à igreja, e a mãe achou um despropósito ir a Aparecida sem passar pela igreja. Mas o pai falou que assim teriam de pernoitar mais uma vez em hotel antes da praia, e ela concordou, arrepiando de lembrar dos pernilongos. Quando voltamos ao carro, apareceu um homem vendendo lembranças de Aparecida, os braços do paletó cobertos de chaveiros pendurados em alfinetes, no colo um tabuleiro com santinhos, crucifixos, terços, e Alice apontou um espelhinho com santinho atrás. O pai falou que aquilo era bobagem, mas a mãe falou que não ia contrariar um gosto sagrado da menina, eu falei que já tinha visto um daqueles espelhinhos, mas com mulher pelada do outro lado. A mãe perguntou o que o pai preferia, uma filha iludida com bobagem de religião ou um filho depravado desde cedo.

Ele falou que preferia nem ter passado em Aparecida, ela falou que eu também podia escolher uma lembrança, escolhi uma estatueta de Nossa Senhora em porcelana opaca conforme o homem, de gesso vagabundo conforme o pai. O homem falou que o que valia era a devoção, o pai respondeu que não apostava um tostão naquilo durar mais de um dia na minha mão. Alice falou que, a avó tinha falado, o pai ia morrer sofrendo porque não tinha religião. Ele perguntou que vó, mãe dele ou da mãe, depois falou que só podia sair da mãe dela uma besteira daquelas.

Assim voltamos pra estrada com eles discutindo religião, até o pai falar que nunca mais deu peixe no rio onde pescaram a santa e Linalva falou Deus me livre, credo em cruz, o senhor bata na boca que disse isso, e o pai engoliu porque a mãe lhe deu um beliscão de ele gemer. Quando falou, foi pra dizer que a comida tinha lhe dado azia e Linalva: claro, castigo de Deus. A mãe aí falou não fa-le mais na-da se não quiser arranjar outra empregada, e continuamos estrada afora, até Alice vomitar de enjoo no colo da mãe.

O pai parou numa paisagem muito bonita de montanhas com um rio lá embaixo se entortando feito uma cobra. Uma mina de água saía das rochas e a mãe falou que ali, na natureza sem ninguém cuidar, nascia avenca e samambaia mais bonita que em estufa de rico. O pai falou que preferia ser rico em vez de ter avencas ou samambaias, e apontou um carrão passando, ia chegar muito antes da gente, ou, discordou a mãe, ia acabar se matando numa curva.

Fora do carro Alice melhorou tão depressa que quase despencou na ribanceira, o pai puxou, a mãe ficou branca e Alice disse que só queria ver o que tinha lá embaixo. O pai falou que lá embaixo mais adiante tinha o mar, vamos lá ver o mar — e já foi entrando de novo no carro e continuamos estrada afora na direção do mar, a cada curva a mãe perguntando pra que a pressa se o mar não ia fugir de lá.

E era tanta curva depois de curva naquela estrada no alto das montanhas que Alice no banco da frente debruçou para trás e vomitou no colo de Linalva. Parar pra quê, perguntou o pai, se naquela altura não teriam onde se lavar, e a mãe concordou, e fomos com o vestido de Linalva soltando um cheirinho azedo que o vento não levava. Quando as montanhas acabaram, veio de novo a estrada de sempre, tão igual que a mãe perguntou se acaso a gente não estava voltando. O pai riu e garantiu: sem parada mais, daqui a tantos minutos vamos ver o mar.

Perguntei se ele tinha algum compromisso no mar, porque ele sempre falava em tal hora sem falta ou tal hora e tantos minutos, quando tinha algum compromisso com alguém. Ele falou que eu não entendia essas coisas, que em viagem a gente tem que fazer o tempo render e também o motor, que a menos de oitenta por hora gasta muita gasolina, e a mãe cantarolou que era melhor gastar com gasolina do que com hospital, não era? Ele falou que podia ir bem devagar, ainda dava tempo de atrasar tanto que então teriam de pernoitar num muquifo qualquer já quase na praia, que tal? Ela perguntou se seria demais esperar dormir num quarto com tela na janela, e eu, depois de descobrir de novo tudo que não podia fazer ali atrás, acabei não sei como quebrando a estatueta na mão, e não saía pouco sangue do corte. Na sacola a mãe tinha de tudo pra curativo, e gemi quando passou iodo, ela falou pois é, quem procura, acha. Acho que é hora de colo, Linalva falou, e dormi ouvindo o pai dizer estamos quase chegando ao mar.

Quando acordei, o carro estava na sombra duma árvore, o pai conversando com um homem na frente duma casa, numa rua de areia com vários terrenos vazios. A mãe olhou pra mim apertando os olhos como se eu estivesse longe e falou: esse moleque está com alguma coisa... Passou a mão na minha testa, disse fique quieto que tá queimando de febre, e já começou a dizer a Linalva como fazer chá de alho contra resfriado, ela tinha trazido alho e um bulinho de chá porque sabe Deus, de repente... Devia ser só um resfriado de apanhar chuva de janela aberta, o pai falou, e Alice disse é, é pra não sufocar aqui com teu pum, pai, uma menina que às vezes parecia uma mulherzinha. É só guardar um dia quieto e pronto, a mãe falou e Linalva baixinho: quieto como?

Perguntei se a gente não ia pro mar, o pai enfiou a cabeça na janela pra dizer todo alegrão que o aluguel da casa era caro, mas dava pra pagar, e a mãe: tem tela nas janelas? Ele olhou pra ela, pra nós, tirou a cabeça dali e ficou de pé lá fora batendo as mãos nas coxas, depois entrou, bufando como se tocasse o carro a sopro, mas logo viu uma casa com placa de aluga-se. Vai você, falou, ver se tem tela até na lareira, né, pernilongo não pode entrar pela chaminé? Ela desceu, bateu palmas, da casa dos fundos saiu um homem ou uma mulher, já não se via bem no lusco-fusco, e logo ela estava ali dizendo tá alugada, por metade do preço da outra e só não tem tela na lareira porque não tem lareira.

Linalva já foi descarregando as malas com o pai, a mãe foi botar roupa numa cama pra eu dormir e ninguém me dizia onde estava o mar. Ela me enfiou comprimido na boca, e a última coisa que lembro, do dia em que achei que ia ver o mar, é ela dizendo que tinha trazido tu-do pra gripe, resfriado e constipado. O pai perguntou qual a diferença entre resfriado e constipado e...

Acordei com o sol na janela fechada só pela tela. Na cozinha, Linalva fazia café igual em casa, até o bule era o mesmo e a garrafa térmica. A mãe me viu, agachou com a mão na minha testa, olhou meus olhos, mandou tomar água e depois viu a língua, bem, eu não tinha mais nada, e Linalva: podia ter de novo de vez em quando...

Tomamos café com pão e queijo e frutas, tudo saído ainda de uma das malas, depois pai e mãe se juntaram para dizer que naquele primeiro dia a gente ainda não ia pro mar, era preciso arrumar a casa, ajeitar as coisas, fazer compras e... Lavar toda a louça e os talheres, tudo que a gente for usar, a mãe falou para Linalva, e o pai perguntou se precisava mesmo, tudo estava limpo pelo uso! Ela passou o dedo num móvel e apontou a lista do dedo na poeira. Ele olhou para o céu e agachou pra dizer desculpem, meus filhos, mas... Vocês vão dormir limpos e comer em louça limpinha que nem lá em casa! Viajar pra pi-o-rar, não!

Então Alice e eu passamos o dia no jardim e na rua, com a mãe ou Linalva olhando e gritando não pode isso, cuidado com aquilo, isso também não pode. O pai batia colchões, depois foi consertar descarga, arrumar tela de janela, desentupir pia, lavar a geladeira, enquanto a mãe arrumava as roupas e limpava os móveis, Linalva limpando a casa com vassoura e rodinho, balde e panos de chão emprestados da casa vizinha. Meio-dia o pai trouxe duas pizzas com oito pedaços cada uma e falou que ia deixar uma fatia de lado pra não ter de dividir 16 por 5, daí dividindo 15 por 5 dava três fatias pra cada um. E cada um comeu suas três fatias, depois Alice e eu ficamos olhando a fatia 16 e a mãe falou vocês não vão brigar por pela última fatia, vão?

Eu acabei com o braço riscado de garfo e Alice com galo na testa de cair da cadeira. A mãe e o pai nem falaram nada, só se olharam e ela deu um tapa na bunda de Alice, na minha o pai deu só um tapa e Alice reclamou, a mãe deu outro nela. Enquanto Alice chorava e Linalva lavava a louça, a mãe fez uma lista de compras e o pai ia sair pra comprar. Pedi pra ir junto mas ele disse não, senão no mercado nem comprava as coisas nem cuidava de mim. A mãe mandou a gente não sair do quintal e lá de fora, pelas janelas e portas abertas, a gente via as duas limpando armários, lavando com baldes de água e desinfetante também da mala. Quando entramos com fome, Linalva recolhia baratas mortas varridas num canto, e a mãe espalhando perfume se perguntava como é que tinham deixado uma casa naquele estado, e até as bananas que o pai trouxe ficaram perfumadas.

Alice e eu voltamos ao quintal e depois fomos pra rua, que era um areião sem calçada onde o pai foi ler jornal, num cadeirão debaixo duma árvore, pra ficar de olho em nós. Visitamos então todos os formigueiros da redondeza e ficamos muito tempo esperando sair da toca um bichinho, siri conforme a mãe, caranguejo conforme Linalva e pitu conforme o pai. A toca era um buraquinho no chão do tamanho duma moeda, e o bichinho botava fora dali suas antenas, pra olhar ou cheirar ou antenar em volta, só depois saía. Se alguém ia chegando perto, o bichinho parava na areia, mexia as anteninhas e voltava correndinho pro buraco, e não consegui acertar nenhuma pedra no danadinho. Pra que isso, falou Linalva passando, é um bichinho de Deus também, e o bichinho ficou me olhando com as anteninhas mexendo: entendeu?

Não vimos crianças na vizinhança, só umas de outra casa, que chegaram pro almoço e saíram depois, todo mundo de maiô, os homens com as costas vermelhas e as mulheres com o corpo inteiro melecado de creme, as crianças com boias e pés-de-pato e máscaras. Perguntei ao pai se iam pro mar e ele falou claro, onde mais iriam assim? Vamos junto, falei, mas a mãe disse que mar no fim do dia é bom pra pegar friagem, agora ia fazer a primeira janta no fogão limpinho com as panelas lavadinhas, e a gente podia escolher o que queria comer, macarronada com frango assado ou com carne moída, e não lembro qual escolhemos, só não esqueço que era igualzinha a que ela fazia em casa.

Pra escovar os dentes sentei na privada e quase dormi com a escova na boca, depois lembro do pai me levando pra cama no colo e a mãe dizendo é, também tô moída de cansaço, e ele falando quase na minha orelha: pois é, com você a gente vem pra praia pra trabalhar, né. E ela: éééé, eu sei que você preferia ter casado com uma mulher porca e burra, mas, como diz você, fazer o quê?

No dia seguinte acordei com ela batendo lençol nas paredes — porque o pai tinha consertado direito a tela da janela do quarto deles, ela falava arfando, mas não a do nosso quarto, tinha pernilongo entrando. Tomamos café e depois, já com nossos novos maiôs, esperamos ele consertar a tela, esperamos ela arrumar a sacola de coisas para a praia, bonés, toalhas, cremes, xampu, revistas, frutas, sanduíches, água e tanta coisa mais que ele falou chega de esperar, estamos indo.

E fomos virando a esquina e lá na frente, no fim da rua, apareceu uma coisa azul. Fomos andando e a coisa foi mexendo e às vezes embranquecia, o pai falou olha as ondas. Quando a rua acabou e aquilo já era tão grande que se perdia de vista, chegamos numa areia onde era preciso cuidado pra não pisar nos anteninhas, todos andando fora das suas tocas, tão grandes que Alice ia pulando pra lá e pra cá, pra não pisar em nenhum, e se perguntou por que eles não ficavam nas tocas, Linalva falou deve ser porque também gostam de passear, mas o pai falou que saíam das tocas pra comer. Comer o quê, perguntou Alice, dedos de criança, ele respondeu, e Alice começou a chorar e pedir colo dizendo que não queria mais ir pro mar. O pai simplesmente jogou punhados de areia neles e todos correram para suas tocas.

Aí deixamos de olhar o chão e erguemos a cabeça diante do mar, tão grande que Alice parou de chorar e Linalva falou nossa, é maior que o Rio São Francisco. O coração batia junto com as ondas, e não sei quanto tempo ficamos vendo aquele mundão verde estrondando, até que Alice foi acalmando e continuamos ali, o coração batendo já mais miúdo com as ondinhas que vinham acabar na areia, e um vento parecia subir da água, molhado e cheiroso.

A mãe chegou e estendeu uma toalha na areia, começou a tirar coisas da sacola e encheu a toalha. Por não ter maiô, Linalva tinha calças por baixo do vestido, e tirou o vestido, foi molhar os pés e fui junto, mas a mãe foi me buscar pra passar creme, o pai passou a avisar dos perigos do mar, a mãe concordando e dizendo escuta teu pai, escuta bem o que o teu pai está dizendo. E tirou o curativo do meu dedo, o corte agora tinha uma casca e ela falou que ia cicatrizar, e o pai: pronto, você está pronto para o mar.

Quatro dias depois eu já conhecia bem o mar e todos seus horários. Tinha hora de entrar e de sair da água, hora de sol e hora de sombra, hora de passar creme e hora de tomar água. Tinha fundura onde eu podia ir com Linalva e fundura onde podia ir só com o pai. Tinha onda que eu podia quebrar no peito e onda que eu devia furar mergulhando pra não ser arrastado e engolir água, mas eu achava tão bom ser levado por onda que até gostava de engolir água.

Tinha também não no mar, mas desaguando no mar, um riozinho que o pai chamou de arroio, com uma lama fininha feito uma pasta ótima pra fazer castelo de areia, e ali o mar não alcançava pra desmanchar, mas a mãe desconfiou daquela água, sentindo um cheirinho que só ela sentia. É só um riozinho que vem das montanhas, disse o pai, mas ela andou pela margem até achar uma boca de esgoto, disse que podia ter sido um riozinho, mas agora era também um canal de esgotos, isso sim, levando cocô e xixi pro mar, e Alice falou que não queria mais entrar naquele mar.

A mãe concordou, gente limpa não podia continuar ali, e fomos procurar outro mar tão longe que era preciso ir de carro, e depois voltar no carro tão quente de sol que eu entrava molhado do mar e chegava em casa molhado de suor. Em casa não se podia deixar tela aberta, de janela ou de porta, e de tarde não se podia brincar na rua porque já se tinha tomado muito sol de manhã. Os postes da rua não tinham lâmpadas, de noite ficava escurinho conforme o pai, um breu conforme a mãe, e por isso não se podia brincar fora de casa, no quintal também não, e perguntei por que, a resposta foi porque sim e pronto. Ficava lendo os mesmos gibis até enjoar e Linalva falou lê de trás pra frente, e eu dormia lendo no sofá e acordava na cama com sol na janela anunciando mais uma manhã no mar.

Furar ondas com o pai. Catar conchas com a mãe. Fazer castelo de areia com Alice, e ela sempre chorava porque todos o mar vinha desmanchar. Almoço no pé duma árvore que o pai apelidou de Sombrona, daí voltar pro mar só depois de uma hora para não dar congestão, depois voltar pra casa antes passando no mercado pra comprar peixe, até o pai dizer que não aguentava mais comer peixe, e a mãe dizer que, por ela, só comeria peixe a vida inteira, e Linalva: bom era peixe não ter escama...

No dia seguinte, na praia um velho de chapelão começou a pescar com linha enrolada numa garrafa, entrava no mar até a cintura, jogava a linha, voltava pra areia e ficava debaixo de um chapelão com a garrafa na mão, até que de repente levantou puxando a linha e tirou um peixe. Era um peixe de dois palmos dos dele e quatro dos meus, Alice achou feio porque tinha bigodes e Linalva achou lindo porque não tinha escamas. Eu achei que devia aprender a pescar, e no mercado na volta o pai já comprou anzol e linha, eu catei uma garrafa e dormi pensando no dia seguinte.

O velho pescador me mostrou como enfiar camarão no anzol e como lançar a linha, só não aprendi como ter paciência pra ficar esperando peixe fisgar. Deixei minha garrafa meio enfiada na areia e fui brincar em redor, acabei indo longe e, na volta, o velho disse que a linha tinha puxado pro mar, faltou alguém puxar de cá pra fisgar o peixe, escapou. Nisso, a garrafa rolou e ele falou tem peixe aí, e peguei, e senti a puxada, puxei também, mas a linha afrouxou. Escapou de novo, disse o velho, quem sabe amanhã.

Mas de noite em casa o pai falou bocejando:

— Uma semana de praia enjoa, não enjoa?

Nisso a mãe concordou com ele e já deu ideia de visitar uns parentes numa cidade perto: assim a viagem de volta não vai cansar tanto essas crianças, a gente sai cedo pra pegar o almoço e... O pai se animou com a ideia de passar também não lembro onde, e começaram os dois a riscar com os dedos um mapa na mesa: a gente para um dia aqui, dorme ali, almoça lá, no dia seguinte visitamos tio fulano, depois paramos uns dias na casa da tia tal, e acabaram trançando os dedos na mesa, e até se deram as mãos, mas um instantinho só. No instante seguinte ela já começou a comandar: Linalva pega aquilo, arruma isso, cadê a mala tal, e o pai saiu pra trocar o óleo do carro.

Na varanda o vento trazia o ronco das ondas e Linalva falou como é que o mar não cansa? Alice falou que ainda queria fazer um castelo onde onda não ia desmanchar. Eu não falei nada, só comi tanto não lembro o quê, que acabei vomitando, isso lembro bem, e um chá da mãe me fez dormir ouvindo o mar.

No dia seguinte, às cinco horas da madrugada, como dizia o pai, ele começou a me sacudir. Levantei trombando com as malas, o café da manhã foi só bananas pra não perder tempo, Linalva lavando a louça pra deixar tudo limpinho, a mãe vistoriando a casa e depois entregando as chaves nos fundos, enquanto o pai ia calibrar os pneus. Quando passamos pela rua da praia, o velho estava lá na sombra do seu chapelão. Ah, falou o pai, como é bom voltar pra casa. Nem diga, concordou a mãe, não vejo a hora de reencontrar nossa cozinha. Alice falou que estava com saudade das bonecas, e Linalva: em qualquer cozinha é a mesma pia...

Vi que o corte no dedo havia virado cicatriz que já mal se via, e que depois sumiu de vez, assim nossa estação de mar acabou sendo a única que, ao menos nas mãos, não me deixou marca nenhuma.

Homem ao Mar

2

Andando com o filho na praia, o pai diz você parece eu com meu pai na primeira vez que vim à praia, pulava pra lá e pra cá feito cabrito e corria feito doido, se tem diferença é que naquele tempo pai não falava tanto com filho. Mas o filho mal ouve, corre como um molecão, vai peitar ondas, volta um rapagão. Você começou a virar homem, o pai fala indo para o rochedo, o filho cata os tênis na areia e vai atrás, pergunta se pode fazer uma pergunta. Por que você pergunta se pode perguntar, pergunta o pai, se vai perguntar mesmo se eu disser que não pode?

Caminham até a areia encontrar rocha e, diante do rochedo que vão escalar, o pai diz tua mãe diria amarre bem os tênis. Enquanto o filho se agacha para isso, o pai olha o rochedo procurando o melhor caminho. Escalam pai na frente e filho atrás, enfiando mãos e pés em fendas até no alto, onde ficam olhando o mar a bater nas rochas cobertas de mariscos. O pai tira do bolso uma lata com linha enrolada e, enquanto arruma anzol e chumbada, o filho pergunta se pode fazer aquela pergunta, o pai diz que já respondeu: você perguntou se podia fazer uma pergunta, eu respondi que não adiantava deixar ou não você perguntar porque você perguntaria de qualquer jeito, pergunta e resposta. Mas já diz que é brincadeira, pergunte. Antes, fala o filho, você falava que um dia eu ia virar homem, e agora falou que estou começando a virar homem, então: quando é que a gente começa a virar homem?

O pai coça a barba: bem, tem quem ache que é na primeira barba, tem quem ache que é no primeiro trabalho, e até quem ache que só se vira homem quando se tem filho, mas, pra falar bem a verdade, não sei. O filho fica olhando o mar e diz que, já que não precisa perguntar se pode fazer perguntas, por que camarão tem tanta perna se vive na água? Pra ir até o restaurante, responde o pai. O que é que faz as ondas e por que tem umas maiores que as outras? A lua faz as ondas aproveitando que o mar está sempre distraído, e umas são maiores porque as outras são menores. Quando é que o bicho do caramujo sai lá de dentro? Quando acaba o contrato de aluguel. Por que siri anda de lado? Uns porque são tímidos, outros porque são tontos. E por que o mar é salgado?

O pai diz que existiu um tempo quando o mar não era salgado, mas as chuvas foram levando os sais minerais dos continentes para os oceanos durante milhões de anos. E isso foi antes ou depois do tempo dos dinossauros? O tempo, cantarola o pai arrumando a chumbada, o tempo perguntou pro tempo quanto tempo o tempo tem, e enfia camarão no anzol, e o tempo respondeu pro tempo que o tempo tem tanto tempo quanto tempo o tempo tem. Gira a linhada acima da cabeça, com a mão direita, a esquerda segurando a lata. O filho nem pisca vendo o pai lançar a linhada, esticando o braço para a linha desenrolar da lata. Depois pergunta ao pai por que o tempo fica perguntando ao tempo quanto tempo o tempo tem se o tempo deve ter o mesmo problema de tempo que o tempo tem. O pai sorri olhando o filho a olhar o mar, diz vamos sentar que peixe só vem quando quer.

Estão ali faz hora sentados na rocha e o anzol sempre volta vazio, mas o pai diz que não são os peixes comendo, é o mar que arranca os camarões. Cada vez que puxa a linha, diz ainda bem que não enroscou, até que enrosca e o filho diz ufa, pensei que nunca fosse enroscar. Riem a mesma risada, o pai corta a linha nos dentes, tira mais um anzol do bolso das bermudas, embrulhado num papelzinho, e diz faça figa que é o último camarão, picando o dedo, ai, ao enfiar no anzol.

Começa a ventar e lá na vila dos pescadores os homens vão amarrar os barcos, as mulheres recolhem roupa dos varais. O filho pergunta por que se chama Praia da Saudade, o pai chupa o dedo picado pelo anzol, diz que morria muito pescador em tempestade no mar, deixava saudade. O mar subindo e descendo deixa ver mariscos grandes nas rochas, e o pai avança para jogar a linha dizendo fica aí, essas rochas cortam que nem navalha, cair ali é o mesmo que passar um tomate num ralador. Vai devagar, olhando se não vem onda, lança a linhada e volta com cuidado. Olhando a praia quase deserta vê que terão menos de uma hora de claridade, quase ninguém na praia, os últimos surfistas lagarteando na arrebentação. O filho pergunta que horas afinal um peixe vai morder o anzol.

O pai senta no rochedo com a lata no meio das pernas, diz que peixe não tem relógio, vai morder na hora que quiser, geralmente quando a gente menos espera. Então o filho vira um menino que vira de costas para o mar, dizendo não vou esperar mais.

O vento aumenta, só resta um surfista e a maré sobe, uma onda lambeu um castelo de areia. Nas rochas já não aparecem os mariscos grandes, o mar está enchendo, diz o pai, quem sabe traz um peixe. Ficam olhando o mar escurecer, as ondas batendo e espirrando espuma até ali, e de repente a lata quase pula das mãos do pai. Fisgou, ele diz com uma voz que o filho não conhece, fisgou, e o filho começa a gritar você pegou, pai, você pegou!

Ainda não, guri, ainda não — o pai geme lutando com o peixe, dando linha com cuidado para não folgar demais nem esticar muito. Deve ser um sargo dos grandes, fala com essa nova voz, a puxada é de sargo. O menino pergunta se sargo tem muita espinha. O peixe leva a linha para lá, para cá, e o pai diz desse jeito vai cortar a linha nos mariscos, mas o mar ajuda com uma onda que traz o peixe e bate ali no pé da rocha, levantando uma chuva de espuma, e o filho agachado levanta num pulo. O pai grita cuidado, mas o vento já varre a espumarada e eles veem que o peixe está ali perto se debatendo, prateado e grande de três palmos. A boca é maior que uma maçã, abrindo e fechando, a querer roer o girador do anzol, e a linha está ali solta pela rocha.

O filho olha aflito o pai. Vamos esperar outra onda pra puxar o maior peixe que já peguei, o pai sussurra, senão a linha pode romper em marisco. O filho pergunta por que ele está falando assim, peixe escuta fora da água? O pai quase ri mas vê a onda vindo, crescendo e espumando, e grita vá pra trás, mas o filho apenas agarra seu cotovelo quando a onda bate nas rochas, e o pai agarra o filho e agacham na chuva de borrifos que primeiro sobe para cair já virando água a escorrer pela rocha. E veem que o peixe agora está mais perto, brilhando e rebrilhando a se debater na última claridade do dia.

Dá pra pegar, grita o filho, mas você fica aqui, diz o pai. Enfia a lata numa fenda do rochedo, olha se vem vindo onda, vem mas ainda está longe, então vai pé ante pé, agachando um pouco mais a cada passo, até quase tocar o peixe, esquecido do mar — e então, ao ouvir a onda quebrando nas rochas, olha a parede de água quase ali e volta correndo, vendo que o filho vem ao encontro. É daquelas ondas maiores que vem depois de tantas e, em vez de bater nas rochas no pé do rochedo, invade espumante com a água subindo dos pés à cintura num instante. O pai tomba e se debate debaixo d'água, toma pé e, quando consegue ver de novo, a água está escorrendo de volta para o mar com a força de um riacho bravo, e sente algo passar entre as coxas, vê o peixe passando de volta para o mar.

Só aí vê que a onda levou também o filho, lá está ele se batendo entre as rochas onde o mar recua espumarado. O filho grita pai, aqui, pai, começando a nadar de peito para voltar ao rochedo, ele grita que não, não volte, nade em frente! Aponta com o braço: em frente! O filho para de nadar, cabeça acima da água, estranheza e medo no olhar de menino. O pai aponta as rochas cobertas de mariscos, onde a próxima onda jogará o filho para ser navalhado pelos mariscos, mas isso só poderá explicar depois, agora sabe que não tem tempo para nada além de alguns passos até a borda do rochedo, onde com dois chutinhos no ar lança as sandálias e também se lança no mar.

Pulou de ponta e já sai perto do filho, vendo que outra onda já vem vindo. Nada pra frente! — grita apontando — Vamos furar a onda! Lê o pensamento no olhar do filho: por que não sair do mar pelas rochas? Então aponta a onda e berra — Nada, nada! — e o filho olha a onda, arregala os olhos entendendo e abre a boca puxando ar, começam a nadar de peito encarando a onda a crescer. A onda que arrebentou ainda recua levando rápido para a onda que vem, e trocam olhar, na praia já furaram ondas muitas vezes, continuam nadando firme e encarando a onda ainda a se levantar, mas já se curvando, e está diante deles quando na crista começa a espumar... Aí mergulham juntos, passando por baixo do turbilhão para não ser arrastados de volta, bracejando de olhos fechados na água cheia de areia e ouvindo o ribombo da onda nas rochas.

Quando aflora e vê o filho, o pai fala tira a camiseta e os tênis, e tiram juntos as camisetas, puxando cabeça acima, depois a cabeça do filho afunda enquanto arranca um tênis, aflora, respira com um olhar onde o pai lê: você mesmo quem me mandou amarrar bem, né, e afunda de novo para arrancar o outro tênis. A cabeça volta e o pai diz fique calmo, temos de nadar em frente — arfa — e depois voltar até a praia, entende? O filho balança a cabeça, entende, e o pai diz então vamos.

Lá já vem outra onda, e vão para ela. Calma, fala o pai, não se canse. Essa já alcançam antes de começar a espumar, a parede curva de água azul com reflexos dourados do poente atrás deles. Mergulham, a onda passa e voltam a nadar encarando o céu já escuro adiante. O pai pergunta se o filho está cansando e ele diz não, o pai diz não podemos cansar, vá com calma.

Furam mais uma onda e, ao aflorar o pai não vê o filho. Gira o corpo na água, cadê, cadê, e o filho aflora, o pai pergunta tudo bem, o filho balança a cabeça olhando a próxima onda. Furam mais uma, duas, três, perdem a conta. Chegam a um ponto em que não precisam mais furar as ondas mergulhando, são ondas sem crista, mansas, água que passa subindo e descendo, e então o pai diz pronto — arfando — daqui voltamos pra praia — toma fôlego — nadando de viés, entende? O filho diz tá, mas antes que comece a nadar, o pai vê o medo em seu olhar, repete não se canse, calma, não se canse, e o olhar do filho olhando longe a praia diz que entende.

Nadam vendo as luzes das casas lá adiante, e conforme estão no alto duma onda veem as casas e até a praia agora uma longa mancha escura, ou no baixio entre duas ondas veem só o céu dourado no horizonte.

Mas de repente o pai não vê mais o filho. Grita. Ouve gritos do filho. Quando voltam a se achar, estão arfando, assustados, e o pai quase não consegue pedir calma. O filho olha as luzes, diz é muito longe, pai.

Você tem de aguentar, diz o pai se esforçando pra não arfar, você não nada mil metros na piscina?

Na piscina, diz o filho com aquele olhar.

Já mal se veem na quase escuridão entre as ondas, mas o pai procura os olhos do filho para dizer calma, continua com calma. O filho continua a nadar, agora nado livre, e o pai continua em nado de peito para não perder o filho de vista. Às veze perde, na passagem duma onda, mas logo voltam a nadar juntos, o pai arfando tanto, que diz baixinho meu Deus, eu é que não vou aguentar, e vai repetindo meu Deus, meu Deus, meu Deus.

Passa mais uma onda, o filho para de nadar, ergue a cabeça olhando para o pai com olhar que é um borrão, a boca aberta é outro borrão puxando fundo o ar, e o pai fala bem baixinho: me leva, Deus, mas salva meu filho — e depois arquejando, quase sem voz, grita que estão quase na arrebentação! Va-mos! — e voltam a nadar na escuridão. Até que o pai toca o braço do filho, o filho para de nadar puxando ar, arfa — fala, pai! — e o pai também fala arfando — espera, vou tirar as bermudas. Afunda se contorcendo para tirar um pé, afundando, outro pé e, quando se livra das bermudas, a bunda toca na areia e leva um susto, firma os pés e se lança para cima, aflora sem fôlego ao lado do filho — e toma ar, ar, afundando agora sem querer e se debatendo para voltar, sentindo a mão do filho a puxar pelo ombro e, novamente aflorando, ouve sua voz: calma, pai, calma — e o pai se acalma e juntos dizem vamos e continuam a nadar.

O filho vai com braçadas moles, lentas, cada uma parecendo ser a última, e de vez em quando geme como se pedisse ar, aaar, e o pai fala vai, vaaai! Mas é o pai quem logo depois sente os braços tão pesados que para de novo, apenas se mantendo, mas ouve o filho agora gritando vaaai, e vai. Na arrebentação se perdem, uma onda arrastando o filho, e o pai se vê sozinho com os pés na areia e água pelo peito. A onda vazante puxa de volta para o mar e ele se inclina para andar, é derrubado, rola na água areenta, pega o embalo de outra onda em nado livre. Nada até não aguentar mais e aí diz ah, seja o que Deus quiser, ficando em pé e vendo que está com água pela cintura. Olha em volta, só água e espuma, vira-se para o mar, arfando tanto que mal consegue gritar o nome do filho. Grita contra o vento, grita até ficar rouco e aí vai para a praia.

Mal consegue chegar na praia, arrastando as pernas, os braços caídos, aí vê o filho tossindo deitado na areia, deita junto. Ficam ali tossindo enquanto as ondas vêm lamber as pernas. Primeira vez, diz o pai, que você chega na frente, como chegou tão depressa? Peguei jacaré numa onda, o filho fala e se olham, até o filho sorrir e o pai ri, riem até chegar uma onda maior cobrindo até os ombros eles ali deitados, daí levantam com os mesmos gestos e vão para a areia com o mesmo andar.

Andam na direção das luzes, arrastando os pés de cansaço. Diante duma casa, um homem de bermudas floridas rega a grama — e uma mulher varrendo folhas secas, quando vê os dois, fala meu Deus, só então o pai lembra que está sem roupa.

Sentados na sacada do quarto de hotel, o pai diz é bom ter os pés no chão, não? O filho põe a mão no ouvido e pergunta: por que falam que grilo canta se só faz mesmo cricri? Toca a campainha e a copeira deixa a janta na mesa, o filho destampa e diz hum, que nojo, é canja. O pai diz hum, que bom, é canja, e enche os dois pratos. O filho mexe que mexe no prato com a colher, mas começa a comer e acaba com o prato, pega mais. Valeu o passeio no mar, hem, diz o pai. O filho pergunta se ele vai contar pra mãe o que aconteceu no mar. Melhor não contar, o pai pisca, ela se preocupa demais.

E você, pai, ficou preocupado?

O pai pensa um pouco e diz que ficou preocupado sim, quando a mulher começou a bater a vassoura no homem pelado. Riem, e o pai fala que vai sim ligar para a mãe, depois irão dormir, foi um dia cheio. Não, pai, foi um fim de dia cheio... e riem.

Depois deitados, no escuro o filho suspira: pena que a gente perdeu o peixe. Mas em tudo, olhando bem —o pai também suspira — sempre se ganha alguma coisa.

E o que é que a gente ganhou, pai?

Saber que você — o pai sussurra —, você já é um homem, meu filho, você é um homem já.

QUADRONDO

3

A história do Quadrondo, que conto para meus filhos antes de dormir, quem inventou foi minha mãe, num dia que ainda lembro direitinho. Ela costumava me acordar pra escola cantando: — Vamos levantar, menina, que o sol já levantou! Me dava um tapa na bunda dizendo vamos, vamos que a vida não espera ninguém, e ia pra cozinha, mas eu sempre continuava na cama até sentir cheiro de torrada ou panqueca, bolo ou biscoito, e levantava puxada pela fome, ia tropeçando ainda tonta de sono até o banheiro, dei muita cabeçada em porta. Mas me lavava e penteava já depressinha porque a vida era um relógio, ela dizia, tinha de ter hora para o café, a escola, o almoço em casa, a tarefa, a bicicleta, a rua, o banho, a janta, tudo na sua hora. Quando eu chegava na cozinha, ela sempre perguntava: então, ouviu a voz do fogão?

Eu sentava procurando qual era a novidade do dia, salada de frutas ou coalhada, omelete ou torrada com geleia, mas naquele dia ela não tinha inventado nada. Pensei até que era domingo porque também não tinha me chamado na cama, eu tinha acordado sozinha com o sol na janela. Tinha pulado da cama e lavado o rosto com dois tapas e, de volta pro quarto, cadê a roupa prontinha na cadeira?

Fui de pijama pra cozinha, mas parei no corredor, ela e o pai discutiam quase gritando e, nessas horas, eu seguia um conselho do vô, ficava quieta e ficava longe. Mas fiquei ouvindo porque pensei que falassem pro vô:

— Ele sempre quer ter razão em tudo — disse ela.

— Ela sempre quer ter a última palavra — disse ele.

Dei uma espiada e nem sinal do vô, falavam como que pra alguém invisível:

— Esse homem quer é me deixar louca!

— Essa mulher quer é que eu vá embora de casa, aí vai ficar feliz!

Ela falou que não ia fazer muita diferença pra ele morar sozinho, só vinha em casa pra dormir, só via a filha de relance, e fiquei muito tempo com essa palavra na cabeça, relance, sem olhar no dicionário por temor de ser alguma coisa ruim de mim. Espiei:

ela falava alto enquanto abria e fechava gavetas, também abrindo e fechando a geladeira sem pegar nada, como se procurasse alguma coisa, e ele falou mais alto que, se saísse de casa, não ia ser pra morar sozinho! Passou um tempo, só se ouvia ela mexendo nas panelas, até que falou baixinho ao fantasma invisível:

— Não falei que tinha alguém na vida desse homem?

Ele falou também baixinho que tinha sim, uma pessoa de quem ele gostava muito, e ela parou de mexer nas coisas, esperando, até que ele falou:

— Meu pai, acho que eu devia morar com meu pai.

Ela começou a falar baixinho, como se estivesse sozinha: que devia ter ouvido aquela amiga, casar só depois de trabalhar fora de casa, que cuidando de casa a mulher trabalha mais que em qualquer trabalho e só ganha ingratidão. Aí falou direto a ele:

— Mas não pense que vai sair barato!

Ele falou que ia pagar pensão, sim, e foi outra palavra que me ficaria muito tempo na cabeça, pensando que ia com ela morar numa pensão. Ela disse que tinha de ser pensão com empregada, porque agora ela ia cuidar da própria vida e — então já quase gritava - desde que ele deixasse o carro, podia ir pro quinto dos infernos, e eu também ficaria muito tempo pensando por que existiam cinco infernos. Daí ficaram os dois gritando ao mesmo tempo até que ele gritou mais alto:

— Você me respeite, sua... sua...! — e não falou mais nada, aí ouvi alguma coisa, e ele disse pronto, agora ela começou a chorar, e ela chorando disse vai, vai embora logo, vai jáááá! Acho que vou mesmo, ele falou, e ficaram tão quietos que dei mais uma espiada. Eles estavam parados como numa fotografia, os dois olhando longe como se nem estivessem ali, mas de repente ela pegou um pão, que ela sempre dizia ser uma coisa sagrada, e jogou nele, quase me acerta, daí me viram. Ele catou o pão. Ela foi botando a mesa como se cada coisa fosse um tijolo, o café, o leite, a manteiga e só, eu nunca tinha visto um café da manhã só assim e, quando voltaram a falar alto de novo, voltei pro quarto, me enfiei debaixo da coberta com o travesseiro sobre a cabeça.

Depois não se ouvia mais nada. O sol nem estava mais na janela quando ela sentou na beirada da cama perguntando o que eu queria comer. Na cozinha a mesa estava do mesmo jeito, só mesmo café com leite e pão com manteiga, eu não sabia que tais coisas pudessem parecer tão importantes. Perguntei se não tinha escola, ela disse hoje você não precisa ir. Perguntei por que, ela ficou falando sozinha ou ao fantasma, que chega a hora em que é preciso remexer as pedras, mudar de vida e pronto, custe o que custar. Aí olhou pra mim e fez careta voltando a chorar, agachou e pediu: perdoa, filha, se eu errei em alguma coisa, perdoa, e eu pensando quem seria eu pra perdoar minha mãe, do que, se ela sabia fazer tão bem tudo que fazia. E nem acreditei quando ela enxugou os olhos na ponta da toalha da mesa, como tinha me proibido de fazer, e disse tudo bem, eu fosse brincar que estava tudo bem, com uma voz cansada que dizia nada estar bem.

Entrei debaixo da cama com as bonecas, depois lembro que fiz uma casinha com o lençol, conversei um tempão com o urso, falando alto pra ver se ela lembrava de mim, e a casa em silêncio. Em dia de chuva, quando enjoava de ver chover, eu sempre brincava com uns cubos e umas bolas de madeira, coisa do tempo de nenê, ela dizia, e então fiquei fazendo casinhas com os cubos e derrubando com as bolas. Levei um susto quando o sorveteiro buzinou: ele sempre passava depois do almoço e então, se eu tivesse ido à escola, já devia ter voltado e almoçado, e a casa continuava quieta, nenhum barulhinho de panela.

Era uma rua com muita criança e o sorveteiro parava o carrinho debaixo duma árvore, apertava a buzina de pato, apareciam crianças também de outras ruas e ele avisava, a cada uma, que quem trouxesse dinheiro trocado todo dia, um dia ganharia sorvete de graça. Era ouvir a buzina e eu saía de casa correndo, mas naquele dia não fui, estava com aquela fome de comida mesmo e, além disso, tudo parecia muito estranho, como se nada estivesse acontecendo ou acontecesse longe de mim. E na cozinha vi que continuavam na mesa o leite frio, o pão murcho e a manteiga derretendo.

O cachorro dormia, a casa parecia dormir, parecia um sonho acordada. Pra ver se era verdade, puxei uma ponta da toalha até cair uma colher, não era sonho. O cuco cantou uma vez, era uma da tarde, o cachorro acordou, o sorveteiro buzinou, a geladeira começou a roncar e eu a chamar pela minha mãe. Ela gritou que estava lá fora, saí correndo e levei um tombo, mas ela nem ligou, continuou cuidando do jardim e então levantei achando tudo mais estranho ainda. Perguntei se não ia ter almoço, ela assustou tirando o chapéu de palha e olhou o sol, disse que só ia plantar mais uma muda. Com a pazinha, tinha feito uma cova de palmo de largura, usando uma caneca pra tirar terra do fundo, e agora estava arredondando a boca da cova quando o pai chegou e, antes que abrisse o portão para entrar com o carro, ela entrou em casa.

Ele parou ali sem falar nada, agachou pegando a pazinha e cavou mais o buraco. Mas, quando levantou, lembro bem, não era mais um buraco redondo mas quadrado. E em vez de cortar o saquinho da muda com a tesoura ali, ele rasgou nas mãos, enfiou a muda no buraco, encheu de terra e calcou com os dedos. Passei outro dia lá pela rua, aquela azaleia virou um arbustão que até hoje dá flor.

Depois ele entrou sem falar nada, foi se lavar sem falar nada, sentou, ela mexendo no fogão. Ela tirou da frigideira uma omelete, botou no meu prato. Ele perguntou se não tinha mais nada, ela disse que a escrava estava de férias. Lembro que comecei a tirar pedacinhos de salsinha da omelete, quem gostava disso era ele, mas não falei nada, fiquei ouvindo o silêncio deles e esperando a briga, como o vô dizia — Não ligue que são só coisas de casal — mas não brigaram.

Ela sumiu lá pra dentro e ele abriu a geladeira, tomou meio litro de leite, pegou uma maçã e saiu resmungando e guinchando pneu, mas eu comecei a gostar de omelete com salsinha.

Ela saiu de novo com as luvas de jardim, mas, quando fui lá ver, estava chorando sentada na grama diante da azaleia, o cachorro do lado naquele jeito que cachorro fica quando a gente chora. Perguntei por que estava chorando, ela perguntou se eu tinha comido, enxugando os olhos na blusa como dizia pra eu não fazer, e falou que devia estar alegre, né, que nem a azaleia ali, começando vida nova. Mas levantou com um gemidinho e foi para casa que nem uma velha, primeira vez que eu via minha mãe assim.

Fiquei ali no jardim, onde eu pouco ficava por preferir a rua, e o sorveteiro parou na calçada perguntando se eu ia querer sorvete, falei que não. Ele disse que era uma pena, era meu dia de ganhar sorvete, e tirou um picolé do carrinho dizendo pra guardar na geladeira. Peguei o picolé, ele se foi soprando seu apito de sorveteiro e eu desembrulhei o picolé já correndo pras meninas e gritando — Ganhei, ganhei! —, mas tropecei e o picolé espatifou no asfalto. Elas se torceram de rir, eu fui mancando pra casa e me enfiei no porão, sentei no chão num cantinho, e sei que chorei porque lembro do cachorro me lambendo as mãos lambuzadas.

No porão ficava tudo o que se usava só de vez em quando, e também tudo o que nem se usava nem se jogava fora. Patins antigos, um patinete quebrado, varas de pesca, revistaiada velha, meu berço cheio de malas e uma cadeira de balanço com a palhinha furada, e de repente minha mãe estava ali sentada. Balançando levinho, ela falou um monte de coisas, mas, que me lembre, é que a gente ia mudar de casa. Perguntei se ela ia deixar o jardim de que cuidava tanto, ia sim. Mas por quê? Porque seu pai, filha, não vai mais morar com a gente. Por quê? Acho, ela falou parando de balançar, acho que ele me acha muito quadrada, me passando a mão na cabeça e a mão tremia, muito quadrada, só isso.

— Mas — ela sorriu triste — logo eu vou ficar bem redonda... — E me pegou no queixo pra falar olhando nos olhos — Você vai ter um irmãozinho.

Voltei pra rua com raiva de todo menino. Quando eu tinha começado a brincar naquela rua, os meninos e as meninas brincavam juntos, mas então já formavam duas rodas. Quando as meninas pedalavam, eles ficavam sentados no meio-fio conversando debaixo dalguma árvore, parando de falar sempre que alguma menina passava perto. Quando as meninas paravam de pedalar, eles davam volta no quarteirão, mas logo voltavam pra ficar por perto. Se as meninas estavam numa calçada, eles iam pra outra, mas em frente. Se as meninas conversavam, eles fingiam não prestar atenção, mas chegavam mais perto. Se as meninas pulavam amarelinha, eles diziam que era brincadeira boba de meninas — mas um dia pegamos eles pulando amarelinha, ficaram bravos de vergonha. E as meninas achavam as brincadeiras deles brutas e sem graça, mas, se eles sumiam, a gente se perguntava onde será que andam eles.

Naquele dia, naquela hora não tinha sinal deles na rua, só a menina mais amiga estava sentada no meio-fio como se fosse um menino. A gente passava tempo juntas sem falar nada, desenhando na calçada enquanto as outras, mais velhas, como elas diziam, ou menos novas, como dizia minha mãe, já tinham as conversas delas. Então ficamos vendo formigas carregando pedacinhos de folhas, farelos, besouro, eu gostava de ver muitas formigas carregando besouro, era a despensa delas para o inverno, disse um dia o pai.

Minha amiga ficava brava com os meninos quando eles matavam formigas, mas agora era ela quem estava ali matando uma por uma conforme as formigas passavam, estalavam debaixo do sapato, nem parecia minha amiga. Um dia meu pai tinha contado como era uma trabalheira a vida das formigas, como elas viviam limpando a rua sem ganhar nada da prefeitura, e sem fazer mal a ninguém desde que não mexessem com elas, por isso perguntei por que ela estava matando tantas formigas, ela matou mais umas antes de falar: — Meu pai vai embora de casa.

Ficamos vendo como as formigas passavam cheirando as mortas e continuavam pela trilha. Falei que meu pai também não ia mais morar com a gente, daí ficamos pisando mais nas formigas mortas. Outras formigas chegavam, cheiravam e iam em frente, mas pisamos também, ficamos pisando formigas até minha mãe chamar.

Ela disse que a gente ia conversar e eu falei que queria fazer cocô, assim sentava na privada e ela não tinha como me dar um tapinha na bunda, como sempre quando dizia que queria conversar. Assim a conversa foi no banheiro, eu na privada e ela no bidê, coisa que hoje nem existe mais, mas eu sinto saudade, como daqueles tapas da minha mãe. Ela falou que eu não devia ficar chateada, talvez fosse melhor mesmo o pai morar longe, quem sabe ele até tirasse o vô da chácara pra morar junto noutra casa, noutra rua onde talvez eu tivesse mais uma turma pra brincar. E falou, falou, até eu conseguir perguntar por que o pai achava ela quadrada, e ela respondeu perguntando:

— Mas o que seria do mundo se não fosse o quadrado?

Como ia existir casa se tijolo fosse redondo? E as janelas e as portas, as camas e os travesseiros, os lençóis e as toalhas, até as casas eram quadradas em quarteirões quadrados, e comecei a ver quadrado em tudo, o espelho, os azulejos das paredes, os ladrilhos do piso. Mas aí ela disse porém olhe bem, nem tudo é quadrado. A privada mesmo onde eu estava, o bidê onde estava ela. As panelas, de onde vinha a comida que acabava ali na privada, e que também não era coisa quadrada, porque assim não eram também as frutas, o pão, o arroz, o feijão. A geladeira era quadrada, mas guardava muita coisa redonda, e o fogão também era quadrado, mas com bocas redondas como era arredondado o botijão de gás. Até hoje vejo quadrado e redondo em tudo, e ela riu quando falei que o sabonete começava quadrado e acabava redondo.

Tocou o telefone e, quando ela voltou, eu ainda estava ali vendo quadrado e redondo em tudo. Ela agachou igual no dia em que falou sua avó morreu, minha filha, com a mesma cara, e falou que meu pai ia me levar pra jantar. Falei que não queria, catei o urso e as bonecas e fui pra baixo da cama.

No fim da tarde, a casa escureceu e saí debaixo da cama. Sem falar nada, ela me pegou pela mão e levou pra tomar banho, depois me enfiou num vestido presente da vó e que quase não cabia mais em mim. O pai buzinou lá fora e falei que não queria ir, ela falou que não era questão de querer, eu *ti-nha* de conversar com meu pai. Logo ele estava ali chacoalhando o chaveiro na mão, sempre com pressa, mas falei que só ia se a mãe fosse junto. Ele disse que eu sabia que a mãe não gostava de parque de diversões, onde a gente também ia comer sanduíche e ela também não gostava de sanduíche, aí fui correndo pro carro.

No carro eles não abriram a boca até a casa duma amiga onde ela ia jantar, e ela ficou lá, o pai continuou comigo no carro sem falar nada, e acho que só não chorei porque a gente estava indo pro parque. No alto da roda-gigante se via todo o parque e apontei como tudo era quadrado ou redondo, como o carrossel e a própria roda-gigante, ou como os barracões do trem fantasma ou das lanchonetes. Depois a mesa da lanchonete era redonda. Os sanduíches vieram em pratos redondos e bandejas quadradas. Um sanduíche era de pão quadrado com ovo redondo, outro era de presunto quadrado em pão redondo. Ele perguntou se os dentes eram quadrados ou redondos e, enquanto eu pensava, deu a primeira mordida e falou hum, vou pensar nisso depois.

Depois perguntei por que ele achava a mãe quadrada e ele perguntou quem tinha falado aquilo, falei foi você mesmo, e ele falou que só podia ser. Perguntei que nome ia ter meu irmãozinho e ele perguntou quem tinha falado que eu ia ter um irmãozinho, o vô? Foi a mãe, falei, e ele parou de comer. Lembro que comi meu sanduíche e o resto do dele. Depois fui noutros brinquedos, mas ele continuou de cara fechada. Continuou assim no carro e em casa a mãe não estava. Ele me botou na cama, deu beijo e fechou a porta. Fiquei com o urso e estava quase dormindo quando ouvi que ela chegou. Começaram a brigar e fui lá com o travesseiro num braço e o urso no outro, mas ela me levou de volta pra cama dizendo que ia contar uma história.

Gostei tanto daquela história que depois pediria muitas vezes pra ela contar de novo.

Era tudo redondo em Redondolândia, até os postes, ela contou, e eu ficava pensando como é que postes podiam ser redondos. A menina da história andava rolando pelas ruas, porque os redondolanos eram tão redondos que não andavam, rolavam por ruas curvas sem esquinas. Tinham cabelos grossos como macarrão, boca tão redonda que parecia sempre rindo, e dedinhos tão curtos e redondinhos que não conseguiam pegar nada, até porque em Redondolândia nada parava no lugar, tudo rodava ou rolava. E até os bancos das praças eram buracos redondos no chão, onde os redondolanos ficavam como ovos em ninhos.

As árvores eram também redondas, com folhas redondinhas que rodavam em redemoinhos, e as nuvens redondas eram como pratos brancos na toalha redonda do céu azul. Aí a menina enjoava de tanta redondância e perguntava onde era a saída de Redondolândia. Um redondolano explicava bem enrolado, outro dizia que ele estava redondamente enganado, numa língua tão cheia de ós que nem eles mesmos entendiam. Então a menina sentava chorando numa pedra redonda, por isso caía e começava a rolar, e minha mãe me passava os dedos na cabeça dizendo que a menina rolava e rodava em Redondolândia, os dedos me fazendo rodinhas na cabeça e dormi.

O dia seguinte era sábado, não tinha escola e o pai dormia mais, até eu puxar pé ou beliscar orelha. Mas ele não estava na cama, perguntei e ela disse procure, procurei e ele estava deitado no sofá da sala, mas acordado. Da cozinha, ela falou que ia ao médico segunda-feira, do banheiro ele gritou que ela fizesse o que quisesse. Ele saiu só tomando uma xícara de café, ela tomou um copo de leite e eu, se de novo era só o que tinha, tomei café com leite com pão e manteiga.

Na rua, minha amiga continuava matando formigas e comecei a matar também, vendo elas esperneando quando a gente pisava levinho em vez de esmigalhar. Depois ficamos desenhando na calçada, e hoje eu gostaria muito de ver aqueles desenhos. Só lembro que minha amiga (onde será que ela anda?) desenhou uma cara, falei falta a boca, ela fez uns riscos parecendo bigode, daí continuou riscando até toda a cara virar um borrão. Perguntei se o pai dela já tinha ido embora, mas não, a mãe dela é que tinha ido pra casa da vó ali pertinho também. E continuou riscando a calçada, perguntei se então era o pai dela quem ia agora cozinhar.

Meu pai não sabe nem esquentar leite, ela falou assim, palavra por palavra como uma mulherzinha, disso lembro bem, embora não consiga lembrar da sua cara. Quando seu irmão chamou pro almoço, ela foi devagar, arrastando os pés de um jeito que parecia minha mãe naqueles dias. Eu fiquei ali. Aí passaram dois meninos e fizeram daquelas piadinhas deles. Eu desenhava na calçada com um caco de tijolo e joguei com força, acertou na cabeça de um e ele caiu da bicicleta.

Depois contaram que montei na minha bicicleta e fugi. Nunca tinha ido além de duas quadras dali, mas, com vizinhas ajudando a procurar, a mãe só foi me achar numa avenida já lonjinho. Falou que o menino estava bem, só com um cortezinho na testa, mas eu ia ficar de castigo em casa o resto do dia. Então não almocei, de boca fechada até ela dizer que podia ir pro quarto, onde fiquei debaixo da cama até de tardezinha, aí levantei e comi meia melancia que o pai trouxe, depois ele falou que ia me levar pra conhecer a casa onde ia morar.

Parou numa rua com praça e parquinho cheio de crianças, carrinhos de nenê e cachorros mansos que vinham pegar carinho. Era uma baita casa e fui achando tudo uma maravilha, ainda mais com a piscina no quintal. Sentamos na beirada afundando as pernas e um ventinho fazia caretas nas nossas caras na água. Ele perguntou se eu ia gostar de morar numa casa com piscina, falei que sim se a mãe também fosse morar ali. Ele suspirou fundo, naquele jeito de dizer não, sem dizer nada e me levou pra passar o domingo na casa do vô.

No caminho, falou que não achava a mãe quadrada, o problema não era esse. Falei que bom, porque ela ia ficar redonda com o irmãozinho. Pois é, ele balançava a cabeça, pois é, repetindo que nem deviam ter encomendado aquele irmãozinho, e eu tentava imaginar como que encomendavam nenês.

Ele me deixou no portão da chácara, enquanto o vô ainda saía da casa, e arrancou com a porta ainda aberta, lembro da porta fechando como se o carro desse um tapa. Mas logo esqueci, porque ali eu tinha o vô que, conforme a mãe, era um velho menino e me fez rir como sempre. Logo também a mãe ligou, falou que tinha de conversar muito com o pai, então eu ia dormir ali na casa do vô e desligou. Quando ele estourava pipoca, perguntei se sabia que o pai ia morar noutra casa, ele esperou a panela parar de pipocar pra dizer que eu não devia me incomodar com aquilo:

— Casamento também acaba.

Não tinha gente que morria na cama, como a vó, e também quem morria atropelado na rua como o cachorro dele? Então: casamento também é assim, falou, uns duram a vida toda, outros acabam de repente.

— Mas a vida sempre continua — falou comendo pipoca e piscou. — Tudo pode recomeçar.

Perguntei se o casamento dele e da vó tinha acabado alguma vez, e ele disse nunca:

— E continua vivo mesmo depois que ela morreu.

Aí comemos bastante pipoca sem falar mais nada, ouvindo o silêncio, como dizia o vô, daí resolvi ir brincar pela chácara, depois só lembro do dia seguinte.

Era domingo e lá fui eu ao mercado com o vô, ele com a sacola e eu com a sacolinha onde trazia tomates que chegavam bem amassados, mas ele dizia que assim já iam virando molho. No mercado, comecei a mostrar que tudo é quadrado ou redondo, e ele concordou, sim, e o quadrado é invenção humana. Tanto é assim, falou, que na natureza não tem quadrado, as tábuas são todas retas e iguais, mas vem de árvores e não existe uma árvore reta ou igual às outras como são as tábuas. Lembro palavra por palavra: tijolos são retos mas feitos de barro, que não é quadrado nem redondo, e — coisa que eu já tinha aprendido na escola — a Terra é uma bola e, por isso, mesmo o horizonte que parece reto é curvo porque é pedacinho do planeta redondo.

Na peixaria encontrei minha amiga e lembro também da nossa conversa, enquanto a mãe dela comprava peixe e o vô conversava com alguém. Ela perguntou se eu estava morando na casa do vô. Por enquanto, falei.

— Se voltar pra casa da sua mãe, rega minha roseira — ela pediu já indo embora.

De tardezinha, quando já vinha outra noite e ninguém aparecia pra me levar de volta pra casa, falei ao vô que queria voltar, ele ligou e logo minha mãe estava ali, com olheiras e olhos vermelhos. Me deu janta e botou na cama. Perguntei se flor é quadrada ou redonda e ela continuou a história da menina em Redondolândia.

A menina enjoou tanto de tanta redondice que até chorou, e quando enxugou os olhos já estava em Quadradópolis. Era uma cidade de ruas tão retas que desapareciam no horizonte retinho, e até as lâmpadas dos postes eram quadradas. O vento passava reto pelas ruas. As árvores eram como pirâmides de folhas quadradinhas. Os ninhos eram como gavetas nos troncos, onde os passarinhos se encaixavam, tão quadrados que mal conseguiam voar, como os de Redondolândia também não, de tão redondos. O céu era quadriculado de nuvens e não encontrava com o horizonte, seguia em frente como se fosse o forro duma casa sem fim.

Os quadradolenses eram tão retos que a boca era uma linha, não se via os dentes nem quando riam. Mas não tinham do que rir, andando sem parar naquelas ruas sem fim. Então a menina enjoava de tanta quadradeza, perguntava da saída, mas todos passavam retos sem ouvir. Aí ela sentava numa pedra quadrada e chorava.

Quando enxugou os olhos de novo, viu uma flor nascendo da terra molhada de choro.

E cada flor, minha mãe falou, é como cada dia na vida da gente, sempre diferente.

— Só que todas as flores são bonitas e nem sempre os dias são bonitos.

Apagou o abajur e no escuro falou de novo que toda flor é bonita.

— Como toda criança é bonita, depois é que a gente às vezes enfeia.

Perguntei onde ela ia dormir, disse que não sabia.

— Hoje ainda vou conversar com seu pai.

Aí dormi ouvindo o vento.

No dia seguinte, vi logo que cada dia é mesmo diferente: lá estavam a mãe e o pai dormindo no tapete de sala do vô, em cima de um lençol e debaixo de um cobertorzinho, bem abraçados de frio. Tomei café com o vô na cozinha, perguntei se ele ia mesmo morar comigo e com o pai na casa com piscina e ele riu, disse que nem ele ia sair dali, onde tinha vivido e ainda vivia com a vó na lembrança, nem o pai ia sair de casa.

— Foi só enjoo um do outro e enjoo passa. Casamento às vezes é assim, parece criança com birra.

Fui olhar os dois lá na sala, as duas cabeças redondas no mesmo travesseiro quadrado, até que ela abriu os olhos e me puxou, abraçou e perguntou se estava tudo bem. Ele também acordou e perguntei da casa com piscina, ele disse que não ia ser bom.

— Piscina é perigoso pra nenê.

Perguntei se ele ia continuar em casa, disse que ia:

— Sua mãe vai arredondar e eu vou ser menos quadrado.

É, falei, é só não fazer mais birra, e ficaram me olhando como se nunca tivessem me visto.

Quando voltamos pra casa na segunda-feira, um caminhão já tirava móveis da casa da amiga, então fui regar sua roseira e aproveitei pra regar nossa azaleia. Pedi desculpa ao menino que eu tinha apedrejado, e que tempos depois, quem diria, seria o pai de meus filhos, como também tempos depois eu teria não um irmão, mas uma irmã. A ela meus pais passaram a contar juntos a história de Quadrondo, a terra onde nada é só quadrado nem só redondo, por isso é uma terra cheia de flores.

4
Aprendendo
a pescar

Quando o Vô aposentou, passou semana batendo perna na cidade, como gostava tanto, só que agora não tinha mais nada a fazer além disso e, já na primeira semana, enjoou, ficou feito um bicho dentro de casa, como dizia a Vó, beirando fogão e beliscando panela, sentando e levantando pra logo sentar de novo, até que na sexta-feira disse que domingo ia me ensinar a pescar no Rio Sussuí. A Vó disse que pescaria não era coisa pra menina e ele riu:

— Como não? Conheci você pescando, tá lembrada? Eu na praia pescando, você passou com aquela sua amiga e...

Ela fechou a cara. Só disse que cuidasse bem de mim e também tomasse muito cuidado consigo mesmo, que não era mais nenhum mocinho pra sair batendo mato por aí. Então no sábado dormi pensando no tal Rio Sussuí, que na minha cabeça era um rio de correnteza rugindo brava, o Vô apontando a outra margem longe. No domingo, ele me acordou cutucando quando ainda estava escuro, a Vó ajudou a me vestir ainda tonta de sono, dizendo que era uma pena acordar uma criança tão cedo assim.

O Vô me amarrou os tênis dizendo que eu era uma mocinha, isto sim. — E eu vou cuidar dela como ela vai cuidar de mim!

Falei que não queria a camiseta de manga comprida, mas ela disse que não tinha querer, senão ia voltar com os braços queimados de sol, e me botou na cabeça um boné, depois foi enfiando sanduíches embrulhados na mochila já com a tralha de pesca. O Vô mostrou um canivete suíço que tinha ganhado dos colegas quando se aposentou, disse que ia inaugurar o canivete limpando um peixe de dez quilos. A Vó disse que era loucura ir pescar com aquele dia nublado, podia chover, e ele disse que era verdade, podia até molhar o rio.

Preste atenção, ela falou gemendo pra agachar e me falar que então eu devia tomar cuidado com tudo, tu-do, principalmente com o Vô quando ele quisesse virar criança, e que Deus olhasse por nós. Quando saímos, ainda mal clareava e, quando o trem partiu, ainda não se via o sol no céu fechado. Na segunda classe os bancos eram de madeira, outros pescadores iam com suas tralhas e um outro com um menino, menina eu era a única. O rio era tão perto que logo descemos numa estaçãozinha tão pequena que de vivo só se via um cachorro, uma cidadezinha de um lado e do outro um matagal. Os pescadores pegaram trilha no mato, depois outras trilhas para o rio, até que só nós ficamos na trilha. Nos altos da trilha dava pra ver o Rio Sussuí, não era mais largo que a rua de casa, um rio calmo sem correnteza nem rugido.

Rio alto, água limpa, falou o Vô, e andamos que andamos até ele suar no dia esquentando sem sol, o céu todo escuro. Ele disse que a Vó tinha uma boca terrível, era capaz mesmo de chover. Aí estrondou um trovão e começou a ventar, vinha tempestade, era melhor procurar um sítio por ali, ficar no paiol até passar a chuva. Assim nem botamos anzol na água, nos afastamos do rio pegando outra trilha, até o alto de um morro de onde ele apontou uma casa lá num pasto e olhou o relógio, nem nove ainda, depois da chuva a gente ainda podia pegar aquele peixe.

Aí caiu a chuva, tão grossa que quase não se via mais a trilha. Demos numa cerca de arame farpado, varamos a cerca com ele lutando com a mochila, passamos por um pasto, a chuva raleando, aí ele agachou pra dizer calma, vamos com calma: — A gente já se encharcou mesmo, pra que a pressa? — E fomos passeando pelo pasto na chuva. Perguntei se pegar chuva não ia fazer mal, ele falou que quem pega chuva é guarda-chuva, que ele não tinha trazido porque quem é que levaria guarda-chuva em pescaria? Mas o máximo que podia acontecer, me falou no ouvido, era ele virar criança, mas ficava entre nós dois, né?

Aí pisou num barreiro e o sapato ficou atolado, ele ficou com o pé descalço no ar, tentou enfiar de volta no sapato, quase caiu, botou o pé no barro. Aí agachou e falou ao sapato atolado que tudo é questão de prestar atenção. A Vó tinha avisado que ia chover, ele não tinha prestado atenção. Por não prestar atenção tinha confundido laranja com limão, era preciso prestar atenção. E me deu as varas pra segurar enquanto sentava num toco pra calçar o sapato, sem prestar atenção que era um toco podre e ele afundou quando sentou.

Ele ergueu a perna pra calçar o sapato, apoiando o cotovelo no toco e levantou num pulo estapeando o cotovelo. Pensei que fosse brincadeira, mas gemendo ele disse que podia ser escorpião, só podia ser picada de escorpião. Olhou o céu e falou ah, que é que falta pra piorar? Aí ribombou um baita trovão, começou a ventar e voltou a chover forte. Ele gritou que era preciso achar aquela casa, pegar chuva era uma coisa, tempestade era outra coisa.

Demos com outra trilha e ele falou ma-mãe man-dou ba-ter nes-ta da-qui e fomos pela outra trilha, ele falou toda trilha leva a algum lugar e acabamos na beira do rio, daí voltamos e andamos mais enquanto a chuva ia acabando, ele falou obrigado, Deus. Perguntei por que agradecia a Deus por parar a chuva se Deus também tinha mandado a chuva, não?

— Tudo é de Deus — ele falou. — Até o escorpião.

Falei que não dava pra entender, ele falou que Deus não é de se entender, é pra agradecer. E de repente bambeou quase caindo, agachou largando as varas, mas disse que era só uma tonturinha, já passava. Mas aproveitei que estava agachado e tirei dele a mochila, ele não quis deixar, puxei, peguei também as varas e ele falou tá certo, moça, primeira vez que me chamou assim.

A casinha de madeira era no pé de um morro, e quando chegamos um cachorro começou a latir. Devo ter largado as varas pra bater palmas, porque nunca mais vi aquelas varas, e uma mulher abriu a janela já nas primeiras palmas. Olhou pra gente como se estivesse esperando, ralhou com o cachorro pra parar de latir, enquanto um menino e uma menina botavam as cabeças na janela. O Vô deu bom-dia, perguntou se ela sabia de carro ou jipe por ali, ou algum médico ou mesmo veterinário, ela disse que carro ali só tinha na sede da fazenda, médico só na cidade, e veterinário pra que bicho seria? Eu mesmo, dona, ele falou gemendo, e perguntou se era longe a sede da fazenda. Ali, ela falou, era o fundo da fazenda, de modo que dava bem uma hora de chão até lá, mas médico pra que, perguntou, que é que o senhor tem?

Picada de escorpião, ele falou, e ela: ah, pelo jeito achava que era isso mesmo ou cobra. E vai já caçar teu pai, moleque, falou pro menino que chispou porta afora com o cachorro atrás. E o senhor entre, ela mandou, o Vô falou que podia ficar no paiol, não queria sujar a casa.

— Ara — ela falou como se ele fosse criança. — Chegue pra dentro, homem de Deus!

Entramos numa casa sem forro, que eu nunca tinha visto até então, com uma cozinha pequena e preta de fumaça, chão de terra batida e fogão a lenha, e a mulher já botou uns paus no fogo. Um varal de arame tinha linguiças penduradas, e o cachorro mostrou que tinha um pano pra deitar num canto. Enquanto eu olhava, o Vô cambaleou e trombou numa parede, a casinha tremeu toda, mais casebre que casa. Ela o pegou pelo braço e o levou pro quarto, mas quando ele viu a cama disse não, de jeito nenhum ia deitar na cama do casal, mas teve outra tontura e a mulher o fez deitar.

— Escorpião mata, dona? — perguntei vendo que ele fechava os olhos, sempre com careta de dor e uma mancha rosada no cotovelo.

— Tem vez que até mata — ela falou muito tranquila. — Tem vez que só tresvaria. Pra saber, é coisa de hora. Mas se Deus quiser ele vai ficar bom.

O Vô falou que queria era ficar no paiol, pra queimar uns sabugos de milho. Se tivesse de morrer, que fosse de roupa seca.

Que besteira, falou a mulher: — Bem se diz que a pessoa tresvaria, vê lá se vou deixar queimar meu paiol. — E falou como a uma criança: — Fique aí bem quietinho.

Falei que eu podia ir correndo até a sede da fazenda, ou até a estação de trem e... Ele falou que eu devia era ir me secar lá no fogão. O senhor também precisa tirar essa roupa molhada, a mulher falou virando pra mim: você faz isso, menina? Faz, disse o Vô, ela já é uma moça, mas não é preciso, eu mesmo... E tentou sentar, desabou na cama e a mulher saiu do quarto. Então descobri como não é fácil tirar a roupa de uma pessoa pesada, e tirei a roupa de meu avô, menos a cueca. A mulher entrou, pegou as roupas molhadas e torceu com os braços fora da janela, deixou numa cadeira, cobriu o Vô com cobertor e ele falou pronto, o nenê tá no ber... mas não terminou de falar berço, tonteou fechando os olhos, voltou a abrir dizendo é, acho que não estou lá muito bem. Daí fechou os olhos e começou a gemer baixinho.

A mulher disse que ia fazer um suadouro, um chá pra ele suar bastante botando fora o veneno. Colocou chaleira no fogo e saiu, voltou com um maço de folhas, botou na chaleira e depois levou uma caneca para o Vô. Nisso, o menino voltou arfando, disse que o pai já vinha, e a mulher começou a dar chá de colherada na boca do Vô ainda de olhos fechados. Tá muito quente, ele reclamou, até queimava a boca, ela falou que era melhor que ficar com o veneno no corpo.

— Se a gente não ajuda, Deus não ajuda.

O Vô então abriu os olhos, me chamou com o braço bom e falou no ouvido apontando o menino e a menina ali num canto: dá sanduíche pra eles. Dei um pra menina, outro pro menino e eles ficaram olhando os embrulhos que a Vó fazia com papel de pão. Desembrulhei e eles comeram com gana de engasgar, o Vô falou podem comer com calma que tem mais.

Enquanto a mulher enfiava chá nele com a colher, eles enfiavam sanduíche na boca e os pães foram sumindo, um, dois, três cada um, aí a mulher falou chega. Ainda sobrava um sanduíche e falei que podiam dividir e comer. Guarda, o Vô gemeu, guarda pra você. Não quero, Vô. Depois você vai querer.

E agora, perguntei, o que eu devia fazer, e pela primeira vez ele falou não sei.

— Faça, moça, o que for preciso fazer.

Foi a última coisa que falou antes de começar a tresvariar, conforme a mulher. Suava e tinha calafrios, revirando os olhos e gemendo, às vezes parecia ganir. O cachorro apareceu na porta, depois ficou ganindo baixinho na cozinha. Bicho tem pressentimento, a mulher falou e perguntei se meu vô ia morrer. Não, ela falou alto e emendou baixinho: se Deus quiser, não.

O marido dela chegou, ajoelhou ao lado da cama e perguntei se não podia levar meu vô pra sede da fazenda. Ele falou vixe, como ia carregar um homem de mais de quinze arrobas? Além disso, lá só iam botar numa cama igual ali, médico só na cidade, o melhor era mesmo o suadouro e esperar. Com fé em Deus, emendou a mulher.

O Vô suava e tremia debaixo do cobertor, os olhos fechados, os dentes batendo, e respirava puxando ar. É assim mesmo, falou o homem. Ainda hoje a gente fica sabendo, falou a mulher. Sabendo o que, perguntei e não responderam. Ainda era no tempo sem celular, então perguntei se a fazenda não tinha telefone, pra eu avisar a Vó, mas tinha não, telefone só na cidade. E não podiam levar um bilhete meu até a estação de trem, pra telefonarem à Vó? Então baixaram os olhos, perguntei de novo, a mulher falou aqui não tem papel nem lápis não, menina, a gente não sabe ler.

A chuva voltava, fina, grossa, o Vô gemia, e o homem, com a mão em concha no ouvido, falou que o rio ia enchendo de roncar. E meu vô morrendo, eu pensava, tão assustada que a mulher me deu vários copos de água com açúcar: — Pra calmar. E cozinhou polenta, fritou linguiça enchendo a casinha de cheiro, picou a linguiça e despejou na polenta, mexeu e disse que era angu de caboclo, falei que minha Vó fazia igual. Todos cochilavam meio largados aqui e ali, mas, quando ela tirou o panelão do fogo, arrastando pela chapa de ferro do fogão, todos se espertaram com prato na mão. O homem comeu dois pratos, o menino e a menina um prato fundo cada um, mesmo depois de todos aqueles sanduíches. A mulher insistia comigo, coma, coma, eu dizia que não queria, ela me dava mais um copo de água bem açucarado.

E depois da manhã de chuva choveu fino a tarde inteira, a menina me mostrando bonecas feitas de sabugo e pano, e o menino mostrou como com estilingue acertava limões lá fora, e a mulher: ô, moleque, não vê que limão também é de Deus? Pois é, Deus, disse o homem, precisava chover, mas nem tanto. O Vô já não suava, e a mulher trocou o cobertor úmido. A mancha rosa tinha avermelhado no cotovelo, mas o rosto já não sofria tanto, e lá pelo meio da tarde começou a ressonar. Falei ao homem que, se me levasse até a estação, eu dava um jeito de telefonar pra Vó, ou pegava o trem de volta às cinco da tarde como tinha falado o Vô, mas voltou a chover forte e o homem nem respondeu.

Anoitecendo, a mulher de novo botou lenha no fogão e de novo fez polenta, despejando a do meu prato no panelão: — A gente aqui não pode perder nada. Comeram pratos cheios de novo, e de novo ela fez um pra mim, deixou no fogão: — Pra não esfriar, come quando quiser. Aí vi várias coisas: pela janela, vi que lá fora estava escuro de não se ver nada, e ali dentro a lamparina mexia as sombras nas paredes quando alguém andava, e vi também que eu ia dormir ali com o Vô, como vi que eles não escovavam os dentes e decerto por isso o homem e a mulher eram banguelas, e que o cachorro tinha gostado de mim, deitando nos meus pés. Perguntei onde eu ia dormir, ela disse que eles costumavam dormir na cama, e riram banguelas.

Mostrou que iam dormir no outro quarto, os filhos numa cama de solteiro, ela e o marido no chão sobre uma esteira de palha. O homem quebrou com faca uma rapadura, e o menino e a menina me ofereceram um pedaço, peguei. Chupei um, dois, três pedaços, e tanto doce foi me dando uma baita vontade de comida salgada. Meu prato no fogão às vezes recebia a visita de um mosquito, então lembrei de meu sanduíche e comi lembrando da Vó.

O homem ligou o rádio no final da Voz do Brasil, depois o menino e a menina acabaram dormindo, acho que de ouvir um jogo de futebol num rádio tão chiado que quase nada se entendia. A mulher ia botar a mão na testa do Vô e falava aleluia, a febre tinha passado. Mas eu nem me alegrei porque tinha muita sede, depois de beber só do nosso cantil pra não beber da moringa na caneca deles, e o cantil fazia tempo estava vazio. No rádio acabou o jogo, o homem foi deitar e a mulher, depois de dar o resto da polenta pro cachorro, apontou meu prato no fogão: se eu não comesse, de manhã ia dar também pro cachorro.

Me deu uma coberta e mandou ir pra cama que ia apagar a lamparina, então fui logo porque eu tinha tanto medo do escuro que em casa só dormia com abajur. Deitei ao lado do Vô com a mochila como travesseiro e fechei os olhos pra nem ver quando a lamparina apagasse. A Vó dizia pra gente rezar sempre antes de dormir, nem que fosse só com Deus me deito, com Deus me levanto, com a graça de Deus e do Espírito Santo. Então resolvi que, se o Vô sarasse, eu ia rezar cem Ave-Marias e cem Pai-Nossos. Mas percebi que não ia conseguir dormir de tanta sede. Quando alguém começou a roncar, abri os olhos e vi que não via nadinha de nada, mas a sede era tanta que peguei o cantil e levantei naquela escuridão, fui apalpando parede até a cozinha, tateei pra achar a moringa e, quando enchia o cantil, levei um susto, o cachorro se enroscando nas minhas pernas. Bebi até não poder mais e enchi de novo o cantil. Voltei pra cama, fechei os olhos, mas não conseguia dormir, tinha parado de chover e uma coruja cantava lá fora. A Vó dizia que coruja piando é sinal de alguém morrer na casa. Eu quase dormia, a coruja piava e eu acordava, enquanto o Vô gemia baixinho.

Quando resolvi acostumar com o pio da coruja, não conseguia dormir com a bexiga cheia. Tentei aguentar, esquecer, mas já via o menino e a menina rindo do colchão molhado de manhã, então resolvi ir lá fora, a mulher tinha falado que, se eu precisasse, tinha lá uma casinha. Fui tateando de novo, rodei a tramela da porta e abri, lá fora era a mesma escuridão sem lua nem estrelas, e cadê a tal casinha? Mas ao menos tinha parado a chuva, então andei um pouco, agachei e urinei com o cachorro me lambendo o cotovelo.

Voltei, o Vô me sentiu deitando no colchão, pediu água. Procurei no escuro, devia ter deixado o cantil na cozinha, e fui tateando de novo, mas pisei no cachorro e ele ganiu, a mulher acordou, o Vô pedia água, água. Ela acendeu a lamparina, dei a ele água no cantil, bebeu uns goles me olhando mole, parecendo nem ver, mas voltou a dormir e a mulher falou que ia ficar bom, apagou a lamparina e foi deitar. O Vô me cutucou: taí, moça? Comeu alguma coisa?

Jantei, falei, e ele falou que bom, e logo começou a roncar que nem em casa, vi que ele ia mesmo ficar bom. Mas, como ele me lembrou que eu não tinha jantado, agora não conseguia dormir de fome. Fui de novo até a cozinha, já quase sem tatear e com cuidado pra não pisar no cachorro. O fogão estava frio e a polenta também, mas comi uma colheradinha e depois comi tudo até raspar o prato. Voltei a deitar e acordei de dia com o sol na janela, o menino e a menina correndo e rindo em volta da casa, a mulher ralhando, o cachorro latindo. O homem ainda dormia roncando de boca aberta, mas levantou quando alguém começou a conversar com a mulher lá fora.

A janela estava azul e o Vô dormia de cara descansada. Acordou com o cheiro de café, mexendo o nariz antes de abrir os olhos. Pediu água — Pra lavar a boca e tomar café —, então vi que estava mesmo bom, tanto que se vestiu sozinho, eu na janela olhando para fora. Quando sentou na cama com caneca de café na mão, todos entraram no quarto pra ver, o homem e a mulher, o menino e a menina, o vizinho e o cachorro. O senhor teve sorte, falou a mulher, e ele disse que não era só sorte:

— Alguém cuidou de mim, não cuidou? — piscando pra mim.

O senhor é um cavalo de forte, isto sim, falou o homem. Mas o Vô agora tinha olheiras e voz cansada, dizendo que agradecia muito, mas só ia incomodar mais umas horinhas, às quatro a gente ia para a estação. A mulher saiu dizendo que ia matar um frango e o homem fosse arrancar mandioca pro café. Até pensei não ter ouvido direito — mandioca no café — mas o homem voltou com mandiocas, lavou numa bacia, descascou e a mulher botou pra cozinhar no mesmo panelão da polenta, a boca do fogão cheia de fogo. Eu estava de novo com fome e lembrei de rezar pra esquecer, de jeito nenhum ia comer mandioca no café da manhã. O Vô perguntou desde quando eu andava rezando. Desde ontem, contei:

— Prometi rezar cem Ave-Marias e cem Pai-Nossos pra você ficar bom.

Bom, rezar é bom já pra quem reza, ele falou tentando levantar, tonteou, voltou a sentar. Chamou com o dedo e ajoelhei entre seus joelhos, talvez por isso nunca esqueci do que falou:

— Deus não é contador. Tanto faz rezar uma como mil orações. E Deus só ajuda quem se ajuda.

Falei que a Vó devia estar endoidando de não saber da gente, ele sorriu:

— Bom pra ela sentir minha falta, mas fazer o quê? Só dá pra resolver o que pode ser resolvido.

Levantou apoiando nos meus ombros, foi pra cozinha pegando no meu braço, dizendo que o trem de volta só saía às cinco da tarde e, entre um problema e outro, a gente tinha de viver a vida. Então eu comesse e depois fosse brincar lá fora, uma criança não deve perder um dia de sol. Então eu não era mais moça, perguntei, e ele: pra brincar, melhor ser criança.

Sentou gemendo numa cadeira que gemeu também e apontou que a mesa agora tinha toalha. Tirou dinheiro do bolso, piscando para o menino e para a menina e olhando se a mulher não estava vendo, enfiou debaixo da toalha. O café da manhã era meia dúzia de cuias de casca de coco com mandioca fumegando, e a mulher falou que cada um pegasse seu melado. O Vô despejou três colheres de melado na minha cuia e botou na minha frente, falando baixinho: ao menos prove. Peguei uma ponta de colher, provei, e jamais imaginaria que mandioca com melado podia ser tão bom. Depois passei a manhã brincando com a menina e o menino, visitando mina d'água, toca de tatu, bezerro mamando, a família da porca, a lagoa dos peixes. Até que o menino olhou o sol e falou é hora do almoço, e na casa o panelão agora estava cheio de arroz com frango. O Vô já andava bem e fez meu prato, repeti o prato e ele falou baixinho: arroz com frango melhor que da Vó, mas fica só entre nós. Depois voltou pra cama, me dando o relógio e pedindo pra chamar às três e meia.

Fiquei refém do relógio, sem sair pra brincar com medo de perder a hora ou mesmo o próprio relógio. A mulher ia dar milho pras galinhas, ração pra vaca, pegou água no poço, remendou roupas, vi que a pobreza deles não era por falta de trabalhar, o homem tinha voltado pra almoçar todo suado, e agora voltava pra pegar ferramentas de consertar cerca. Ainda eram três horas, mas, ouvindo a voz do homem, o Vô levantou, foi dizer que precisava dar uma palavrinha.

— Quanto devo ao senhor?

A mulher quem respondeu:

— Deve só a Deus, pague fazendo o bem.

Os anjos digam amém, disse o Vô, e foi pegar a mochila, mas peguei antes. Vamos esquecer as varas, falou baixinho, depois foi apertar a mão de cada um. O menino foi com a gente das trilhas no mato até a ferrovia, daí seguimos os trilhos até a estação, de onde saiu um ferroviário assim que viu a gente. Perguntou o nome do Vô, disse que desde o começo da tarde estava sendo procurado nos pontos de pesca no rio. Procurado por quem, o Vô perguntou, e o ferroviário não soube responder.

No trem, ele me deu o cantil dizendo beba, é água daquela gente boa. Contou que um dia a gente ia voltar lá, de visita, levando ferramentas e panelas.

— E nós — piscou — não vamos pra casa sem peixe.

Foi sentar ao lado de um homem com peixes numa sacola, puxou conversa e logo comprou um baita peixe, enfiou na mochila. Quando chegamos em casa, vimos quem tinha nos procurado no rio, um caminhão dos bombeiros estava lá todo piscante. A Vó desceu a escadinha da varanda correndinha, o Vô falou que a gente tem de quase perder pra dar valor, e se abraçaram apertado. Depois ela ajoelhou pra me abraçar dizendo onde você andou com esta menina, homem de Deus, que foi que aconteceu?

Ele tirou o peixe da mochila, contou que com tanta chuva não deu pra voltar ontem, então a gente tinha pousado por lá e hoje, com o rio cheio demais, só tinha dado aquele peixe com menos de dez quilos, mas dava uma peixada, não dava?

Ela perguntou se ele estava ficando louco ou querendo deixar ela louca, ele falou que ela devia agradecer, isto sim, pois sua neta tinha aprendido a pescar e umas coisinhas mais, piscando:

— Graças a Deus, né, moça?

5 GLÓRIA

Lembrança vem sem pedir licença: deu no noticiário que acharam corpos por aí e, como chove na chácara, lembro de Glória, porque chuva enche açude e embarreia brejo. O brejo era na chácara do Vô e da Vó, onde várias vezes ouvi tia Ana falar esses dois primos aí vivem mais grudados que gema e clara. Eu passava as férias lá, pescando no açude, comendo fruta no pé e me metendo em mato, sempre atrás de Glória.

Ela era uns anos mais velha ou menos criança, como dizia, mas eu tinha quase sua altura, e ela tinha sardas, por isso tia Ana a obrigava a andar sempre de boné. Mas era só ficar fora de vista, Glória tirava o boné, pendurava num galho e só pegava na volta, depois de ver ninhos nas árvores, mergulhar no açude e outras coisas que só meninos faziam.

— E aí, guri? — saindo do carro ela só deu com a mão, como se a gente não estivesse há ano sem se ver. Não parecia menina mais, nem moça ainda, mas quase, e tia Maria, sua mãe, também saindo do carro matou a charada:

— Viu como a Glória está mocinha?

Mocinha! — e eu ainda menino ou guri, como todos diziam. Além disso, eram férias de verão e naquele calorão ela estava de jaqueta, mas tirou e vi que agora tinha peitinhos! Entretanto continuava moleque: já jogou a jaqueta na varanda e correu pro açude, fui atrás. Lá estava ela sentada no trapiche com os pés na água e nas mãos esfarelando um pão, as carpas sugando as migalhas na flor da água.

Elas cresceram, Glória falou. Não só elas, falei. Ela me olhou e disse que eu também tinha crescido. Não tanto quanto você, retruquei, e ela: — Meu pai diz que estou crescendo mais que capim depois da chuva - e ficou olhando as carpas, eu olhando minha prima mocinha. Mas ela logo virou moleca de novo, levantando num pulo e gritando que o último a chegar no fogão era um bobão, brincadeira ainda do tempo de criancinha. Por isso não corri e, quando entrei na cozinha, a casa estava num silêncio ruim, a Vó sentada com um pé em balde de água. Tio Raul dava de dedo em Glória, encolhida num canto do sofá. Tinha entrado correndo na cozinha, tinha trombado na Vó fazendo café, a chaleira caiu e a água fervente pegou o pé da Vó, ela gemia como eu nunca tinha visto.

— Essa menina é um capeta em forma de gente! — tia Maria bufava.

Ela não fez por querer, a Vó gemeu e tia Maria disse que por isso Glória era assim, mimada demais pelo pai e também pelos avós.

— Já mocinha ainda parece um moleque de rua!

— E não é à toa que ela é assim, minha filha — a Vó falou dolorida. — Você era igualzinha.

Tia Ana disse que Maria era ainda pior, e tio Raul, com sua calma de advogado, falou que pior seria se fosse uma menina apagada, dessas que ficam quietinhas num canto, ou dessas que até casar ainda gostam de brincar de casinha e pensar que a vida é um conto de fadas. Tia Maria falou que estava falando do estabanamento de Glória, da sua mania de fazer tudo o que desse na telha.

— Pois se, antes de ir correr pelo mundo, tivesse entrado pra ver os avós...

O que tem de acontecer, falou o Vô, acontece, tudo é de Deus, e tia Ana emendou:

— E matar gente e jogar no mato é coisa de Deus também?

Tio Raul e tia Maria se espantaram, tia Ana contou que tinham achado um corpo na chácara e a Vó gemeu: pois é, antes jogavam só lixo na estrada, agora jogam gente... Ali, tia Ana falou, só tinham jogado um, mas num sítio vizinho já eram três. Tia Maria não acreditava. — Em que mundo estamos, meu Deus?! — mas tio Raul falou ora, deve ser algum esquadrão da morte, só isso.

—Só isso? — tia Ana se encrespou. — Você acha pouco?!

— Tá todo dia nos jornais — falou tio Raul. — Todo dia jogam presunto nalgum lugar, muitas vezes de briga entre quadrilhas.

Tia Ana: — Presunto?! Você fala que nem policial carrasco!

O Vô disse que não era nenhuma tragédia: — Tem bandido demais, uns a menos só faz bem.

Tia Ana se arregalou: — Pena de morte, pai, e sem julgamento?!

O Vô disse que errado é sustentar bandido em cadeia, e se existisse pena de morte não tinha tanta bandidagem. Logo estavam discutindo a pena de morte, a lerdeza da Justiça, a falta de governo e uma coisa que eu não conseguia entender o que era, a natureza humana, e, quando vi, Glória não estava mais no sofá nem na casa. Fui achar ela sentada no trapiche com os pés na água. Sentei do lado sem falar, e ela ficou cuspindo na água, as carpas iam ver se as cuspidas eram comida. Bicho tonto, falei. O pior bicho é gente, ela falou.

Quando enjoou de cuspir pras carpas, perguntou se era verdade aquela história do morto. Fui mostrar o capinzal amassado onde tia Ana tinha achado o corpo pelo cheiro, fedia longe. Contei que a polícia tinha demorado pra chegar e, quando chegaram, vi de longe, o que fizeram foi só embrulhar o corpo, botar num furgão e ir embora. Tia Ana disse que tinha visto pegadas no barro da beira do açude e quis mostrar, mas disseram ser coisa pra perícia técnica que, porém, nunca apareceu.

Glória quis ver as pegadas, tinham sumido com muita chuva grossa nos últimos dias, mas ela ficou olhando o barro, parecia uma mulherzinha, até que falou que triste, né, e no mesmo instante já voltou a correr e ser a Glória de sempre. Foi bater a chácara palmo a palmo, cadê o formigueiro que tinha aqui, aquele ninho de sabiá na laranjeira, a caixa de marimbondos, as galinhas e os ovos, as tocas das corujas, ela visitava tudo e falava baixinho com os bichos, as plantas, as pedras e até os ovos.

Quando voltamos pra casa, a Vó estava na cadeira de balanço, com a perna na almofada noutra cadeira, um inchaço rosado na canela. Glória chegou pedindo desculpa, a Vó disse que ela não tinha culpa de nada. Mas precisava criar um bichinho, dentro da cabeça, um bichinho chamado juízo, bem aqui. – A Vó lhe beijou a testa e Glória falou que já tinha juízo, mas, por ser um bichinho, às vezes dormia...

A Vó e o Vô disseram que não iam jantar, só fazer um lanchinho: café com leite, pão, queijo, geleia, bolo, coalhada, frutas, suco, às vezes pamonha, curau ou canjica, e o Vô sempre dizia não sei porque é que engordo se nem jantar eu janto, e a Vó dizia pois é, deve ser a tal genética. Naquela noite comemos, vimos televisão, discutiram de novo por causa das notícias, depois começou a novela e Glória saiu de fininho, fui atrás e ela já estava no paiol mexendo no meu esconderijo.

Eu tinha ali uma atiradeira feita de ripa, bem lixadinha e envernizada por mim, com canaleta feita a canivete pelo Vô. Ali eu deitava a seta, feita de vareta de guarda-chuva, com um anzol grosso e desentortado na ponta, atrás uma pena de galinha como nas flechas de cinema — e funcionava que só vendo, Glória sabia. Um ano antes, com aquela atiradeira o Vô tinha lhe ensinado a caçar rãs numa lua cheia, quando fui com eles até o brejo mas daí voltei pra casa, dormi antes de voltarem e nem lembrava de ter comido as tais rãs, só tinha guardado a atiradeira. O Vô contava que menino caçava de rã a tatu pra comer mesmo, tão pobre era a família, mas eu falei a Glória que preferia os frangos da Vó, enquanto ela continuava revirando meu esconderijo.

Achou a atiradeira, perguntou se eu sabia que lua era. Não sabia, mas saímos do paiol e tinha levantado a lua cheia, a lua de caçar rã: — Então vamos caçar rãs!

Por mim eu não só não iria como nem teria pensado naquilo, mas ela pegou a lanterna, o alicate, a atiradeira e uma seta, outra peguei sem ela ver e enfiei nas calças. Ela falou que, se eu quisesse aprender a caçar rãs, iria buscar na casa um saco de lixo e fita-crepe.

Tentei não ir, perguntando como ela conseguia brigar com quem pisasse em formiga mas caçava rã para comer. Justamente por isso, ela falou, a gente não come formigas. Então fui. Quando voltei, ela já estava descalça com as calças arregaçadas, e com a fita-crepe amarrou a lanterna na atiradeira. Perguntei por que estava descalça. Pro tênis não ser engolido pelo brejo, ela falou, descalce também.

Fui calçado até a beira do brejo, onde ela falou até a vista, guri, então me descalcei e botei um pé naquela mistura de barreiro com capinzal, o pé afundou e um calafrio subiu, perguntei se mesmo uma dúzia de rãs valiam a pena se enfiar naquele barro, e ela: — Deve ser saudade, Adão foi feito de barro, não foi?

Aí fui atrás dela, ou da lanterna. A lua prateava o capinzal e o brejo todo coaxava, os olhinhos das rãs brilhando aqui e ali. Glória ia pé ante pé até pertinho, eu atrás com o coração na mão, aí ela acendia a lanterna e a rã aparecia estatelada pela luz. Ela lançava a seta, que tinha uma linha de pesca amarrada no cabo da atiradeira, de modo que, mesmo se a rã fugisse, era só puxar pela linha. E ela mostrou o que tinha aprendido com o Vô: em vez de puxar a seta da rã, o que seria difícil por causa da fisga, enfiava mais a seta trespassando a rã, daí desamarrava a linha da atiradeira, para também passar através da rã e depois ser amarrada de novo. Ela enfiou a rã no saco para eu levar e aí, me sentindo caçador também, comecei a gostar daquilo.

Quando o saco pesou, falei que já tinha ali uma bela fritada, mas Glória disse que queria completar meia dúzia. Por que meia dúzia, perguntei, e ela: porque uma dúzia ia demorar muito pra caçar e já-já vão gritar pela gente. Então pegou a sexta rã bem na hora, falou, porque a seta tinha ficado toda torta, ia mostrar pro Vô e depois jogar fora porque nem dava mais pra usar. Saímos do brejo e fomos lavar os pés no açude, deixando os tênis na grama. Deixei o saco de rãs pendurado numa árvore, ela deixou a atiradeira e sentamos no trapiche com os pés na água. O açude estava bem cheio pelas chuvaradas e Glória resolveu ver a fundura ficando em pé na água, chegava na cintura. Então ouvimos vozes no mato e a lua se escondeu.

As vozes iam chegando perto e uma lanterna apareceu no bambuzal entre o açude e a estrada. A lanterna saiu do bambuzal e alguém gemeu, Glória agachou ficando só com a cabeça fora da água, eu tirei os pés da água e agachei no trapiche. Outro gemido e alguém rolou pelo trilho do barranco, caindo na margem de lá do açude. Aí voltou a lua e vimos três vultos, dois em pé querendo enfiar na água a cabeça de alguém deitado, mas aqui tem muito barro, falou um, vamos ali pro trapiche, falou outro, o outro só gemendo.

Se esconde, primo, Glória falou baixinho passando pra baixo do trapiche, onde já tinha se escondido num esconde-esconde e eu não tinha achado. As vozes já contornavam o açude e cochichei me esconder onde, ela me puxou, veeeem, aí escorreguei pra água e também me enfiei ali, o queixo quase na água e o alto da cabeça tocando no trapiche. E já me arrependi porque agachado a bunda ficava na água fria do fundo, os pés num lodo nojento, além da seta enfiada nas calças me cutucando a barriga.

Fica quieto — ela soprou e ficamos ouvindo os gemidos do homem sendo trazido a pancadas. Depois ouvimos passos no trapiche e uma voz bem fanhosa:

— Você não disse que tinha sede, cara? Então. Agora vai beber bastante água.

O homem dos gemidos tombou no trapiche se debatendo, bem acima das nossas cabeças, enquanto os outros gemiam também, mas de esforço, e de repente apareceu uma cabeça de ponta-cabeça bem ali na nossa frente. Da cabeça saiu um nããããão até a boca afundar, aí aparecendo também a mão que empurrava a cabeça pra baixo. O corpo se debatia nas tábuas do trapiche, e a cabeça saiu fora da água, arfando, soltando outro nããão bem curto porque a mão empurrou de novo pra água. Quando puxou de volta, a cabeça tossiu, engasgou, tossiu e depois o homem da mão falou fanhoso:

— E então, cara? Lembrou onde guardaram as coisas?

A cabeça subiu, o homem ficou tossindo no trapiche, e a outra voz disse escuta, infeliz, se você gritar te apago aqui mesmo, tá? O homem tossia e arfava, arfava e tossia, e o fanhoso falou que ele ou era durão ou não sabia de nada mesmo. Quem sabe, disse o outro, põe de molho mais um pouco. E de novo a cabeça apareceu ali na nossa frente, a mão empurrando pra baixo, o punho se enfiando na água. O homem se debatia tanto, batendo os joelhos e os pés, que o trapiche fazia um barulhão pra nós ali debaixo.

A mão puxou de novo a cabeça da água, o homem voltou a tossir e o fanhoso a perguntar se ele não lembrava mesmo onde estavam as coisas, e o homem não falava nada, só gemia levando chutes do outro.

Mas o fanhoso falou que era bobagem perder mais tempo, e o outro falou então vamos embora. Calma, falou o fanhoso, daí silêncio. Vamos, repetiu o outro, e o fanhoso jogou um cigarro que chiou na água bem na nossa frente. Deram uns chutes pro homem levantar e foram pelo trapiche, depois margeando o açude. O bambuzal estralava com o vento, mas ouvimos um estralo mais forte, depois outro. Glória falou baixinho isso é tiro, perguntei se tinha certeza e ela repetiu, é tiro, vamos ver. Foi saindo do trapiche e a peguei pelo braço: ver o quê? Tá ficando louca?! Mas ela tirou o braço num safanão e botou a cabeça fora do trapiche, olhou e disse que já estavam indo. Olhei também, a lanterna já estava longinha. Vamos, ela falou saindo da água e eu fui atrás com o coração disparando.

Fomos agachados pela trilha, contornando o bambuzal até as touceiras de erva-cidreira na beira da estrada. Os dois homens batiam o pé no chão pra tirar o barro, depois foram para o carro. Nós ali agachados atrás da touceira, vimos que um terceiro homem, no volante do carro, abriu a porta do outro lado. Um dos homens entrou atrás, o outro continuou batendo os pés e Glória falou ah, se eu tivesse mais uma seta, só aí vi que ela tinha pegado a atiradeira.

Tirei minha seta das calças, ligeirinha ela tirou a linha da seta cortando com os dentes, enfiou a seta na canaleta da atiradeira, daí correu agachada por trás da fileira de erva-cidreira, sumiu de vista. Mas, com a luz de dentro do carro acesa por causa da porta aberta, deu pra ver que o homem, ainda fora, ia entrando quando soltou um grito, um ai seguido de gemido alto. Então achei melhor deitar ali e ficar bem quietinho, só ouvindo o homem gritar, xingando e gemendo, até que a porta bateu e o carro arrancou. E eu ainda estava ali quietinho quando Glória voltou: acho que acertei um na bunda!

Voltamos pelo bambuzal, eu mal conseguindo andar com as pernas bambas. Achamos o homem dos gemidos no capinzal perto de onde tia Ana achou o primeiro corpo. Glória cutucou com a atiradeira: ei, moço — cutucando — oi, senhor, mas o corpo nem se mexeu nem gemeu. Depois fui correndo para a casa, Glória disse que já ia depois de pegar uma coisa.

As tias nos fizeram tirar a roupa molhada e tomar chá de alho, enquanto tio Raul e o Vô foram com lanternas ver o corpo. Quando voltaram, a gente já tinha contado o que tinha visto e ouvido, eu já de pijama debaixo de cobertas, mas pela porta aberta do quarto ouvi tudo. Tio Raul ligou e a polícia disse que ia pegar o corpo só de manhã, as tias acharam um absurdo, o Vô achou natural, estava morto mesmo, que diferença fazia?

Nisso, dormi, mas no dia seguinte a discussão foi quase até a hora do almoço. A polícia chegou cedo, levaram o corpo, mas tia Ana queria fazer queixa na delegacia, tio Raul perguntou queixa do quê, ela respondeu que ele devia saber, não era advogado? Não temos de fazer nada, falou o Vô, é caso pra polícia — e tia Ana: pra polícia resolver ou ignorar?

— O que não consigo fazer — ela bufava — é ficar aqui parada enquanto matam gente na nossa casa.

Não, corrigiu tio Raul, não tinha sido na casa, mas lá no mato, aí tia Ana explodiu:

— Você é advogado ou carrasco?!

Tio Raul se ofendeu, começou a arrumar mala dizendo que ia para um hotel, mas tia Maria disse que tia Ana tinha razão, não podiam aceitar aquilo, mas o Vô concordou com tio Raul, era caso só pra polícia, enquanto a Vó só repetia pra pararem com a discussão, que realmente parou quando rio Raul bateu mão na mesa:

— Então vamos, vamos registrar queixa de cadáver no quintal...

A Vó quis que almoçassem primeiro mas não quiseram, ela insistiu mas tia Maria falou que tinham herdado dela a teimosia, e, quando chegaram no carro, Glória já estava lá. Tio Raul disse que ela não ia nem eu, depoimento de menor não vale nada.

Tia Ana estrilou: — Mas foram eles que viram tudo!

Tio Raul lembrou que não vimos a placa do carro, não ia adiantar nada falar de dois vultos e... tia Maria falou que ele era o maior negativista do mundo. Ele entrou no carro e ficou bufando no volante enquanto a gente entrava, daí arrancou sem falar mais nada até a delegacia, estacionou e falou ainda no carro: delegacia não é ambiente pra menor.

Tia Ana perguntou por que não: — Não é onde você ganha a vida?

Não, ele falou, não, querida cunhada, eu ganho a vida é no Fórum — e entrou bufando na delegacia, fomos atrás. E ele tinha razão quanto ao ambiente, era um lugar tristinho e sujinho mas nem deu tempo de ver direito. Ele entrou numa sala com placa de plantão e, quando começou a falar com um policial, tia Ana e tia Maria entraram na conversa e começou uma discussão que só parou quando apareceu o delegado.

O delegado foi muito gentil, chamou a gente para sua sala, e lá deixou tia Ana e tia Maria falarem até cansar, aí disse que seria importante ouvir os menores, sim, "como informantes embora não como testemunhas", lembro palavra por palavra, e mandou a secretária chamar um escrivão. A secretária levantou da escrivaninha e tinha um revólver na cinta, saiu e voltou com o escrivão meio mancando. O escrivão foi para outra escrivaninha, sentando num lado só da bunda, e Glória me olhou com olhar esquisito.

A secretária levou Glória pra cadeira diante do escrivão, ficasse à vontade e contasse o que tinha visto. O escrivão perguntou nome, idade, filha de quem, e ela me olhava como querendo dizer alguma coisa. O delegado falou bem, vamos começar, e perguntou o que ela tinha visto exatamente naquela noite.

Eu mais ouvi do que vi, Glória falou tirando uma bituca do bolso das bermudas:

— Debaixo do trapiche ouvi um homem bem fanhoso como esse escrivão aí, de voz igualzinha, falar que o homem morto tinha de dizer onde tinham guardado as coisas. Esse fanhoso fumava um cigarro dessa mesma marca que o escrivão tá fumando aí, ó. — E colocou a bituca na escrivaninha.

Contou que batiam no homem morto pra ele falar, mas, como ele não falou nada, só gemendo, levaram para o barranco e daí ouvimos dois tiros.

— Fomos lá pra estrada e, quando ele ia entrando no carro, atirei na bunda de um uma seta com ponta de fisga, difícil de tirar, por isso deve ter ficado manco que nem esse aí. — E apontou o escrivão.

O escrivão ficou indignado, o delegado irritado, tio Raul bestificado, enquanto as tias não paravam de falar e Glória repetia que o cigarro era da mesma marca, a voz era igualzinha e... apontou a bunda do escrivão que saía mancando. Pra encurtar a história, depois de muita discussão, as tias exigindo outro escrivão, tio Raul exibindo carteirinha de advogado, o escrivão sumido, entrou na história o delegado-chefe, de paletó e gravata, mandando chamar outro escrivão "para o depoimento circunstanciado da menor". E Glória contou tudo de novo tintim por tintim, tio Raul dizendo baixinho que tudo aquilo era uma loucura, uma loucura, tia Maria dizendo que aquilo era o mínimo que se devia fazer quando matam gente na casa da gente.

Ora, Maria — ele falou baixinho —, uma denúncia dessas só pode funcionar se for encaminhada à promotoria. Então, ela falou, depois você encaminha, né, você é advogado — e ficaram se olhando até tio Raul dizer ao delegado que precisava de cópia da denúncia para encaminhar à promotoria. Aí ficou um silêncio que parecia dizer muita coisa, até Glória acabar de contar que tinha atirado a seta e depois pegado a bituca no açude. Quando contou de novo da seta, tia Maria botou as mãos diante da boca, e depois só tirou pra dizer minha filha, você podia ter morrido, sabia? E repetiu: podia ter morrido, sabia, minha filha?

Ah, mãe — Glória falou levantando da cadeira —, na hora nem pensei, fiz o que você fala, fazer o que a gente sente que é preciso fazer. Tia Maria abraçou Glória e o delegado falou essa menina é fogo, hem. É uma cidadã — falou tia Ana — fazendo o que todo policial devia fazer. Aí, os delegados de um lado e as tias do outro começaram uma nova discussão e acho que só parou porque deu fome, já era tardezinha quando saímos da delegacia, tio Raul perguntando se elas agora estavam contentes, quase tinham sido presas por desacato. No carro, tia Ana olhava a bituca na palma da mão, indignada porque nem tinham ficado com ela.

Mas fotografaram, lembrou tio Raul. E, além disso, senhora detetive, milhares de pessoas fumam essa marca, isso não prova nada! Também, lembrou tia Maria, não tinham feito perícia na bunda do escrivão, e tio Raul riu, perguntou meu Deus, em que mundo vocês pensam que estamos? Num mundo, falou tia Ana, em que matam gente na casa da gente e tem gente querendo que a gente deixe pra lá! Tio Raul até parou o carro pra falar mas Glória falou antes:

— Eu podia ter morrido, pai, e você...

Tio Raul voltou a dirigir sem falar mais nada, mas na chácara desceu batendo forte a porta e foi andar com o Vô. A Vó abraçou Glória e todas se abraçaram, tia Maria chorando de alívio, como falou, tia Ana chorando de raiva, Glória dizendo que ia acabar molhada de tanto choro.

A Vó tinha juntado o almoço com o lanche e também fritou as rãs, de modo que comemos até dar tristeza, depois foi cada um para um canto e parecia até um velório sem morto. Glória e eu fomos para a varanda ver o sol morrer, ela mordendo os lábios até falar:

— Bela atiradeira, primo, funcionou direitinho nas rãs e tudo mais.

Perguntei se ela não tinha tido medo de fazer aquilo, e ela:

— Não deu tempo de ter medo, primo — e piscou. — Mas foi uma glória, não foi?

E aquele foi o último ano de Glória menina, porque nas férias seguintes seus peitos cresceram bem mais e ela nunca mais nadou no açude. Também cresci, acho que mais por dentro, não me sentindo mais criança, e também nunca mais jogaram gente na nossa chácara.

Autor & Obra

Domingos Pellegrini começou como escritor de contos, em 1977, com o livro *O Homem Vermelho*, que ganhou o primeiro de seus seis prêmios Jabuti. Além de livros de contos, escreveu também romances, inclusive para jovens, como *A árvore que dava dinheiro*, *As batalhas do castelo*, *O Mestre e o Herói* e *A revolução dos cães*.

"Meus romances juvenis", revela Pellegrini, "tratam sempre, no fundo, dos valores ancestrais que chamo de valoridade, pois todos são nomeados por palavras terminadas em 'ade': liberdade, fraternidade, responsabilidade, criatividade e diversidade em vez de igualdade, pois somos iguais apenas perante as leis. Todos esses valores formam a civilidade, também chamada cidadania, que é a capacidade de conviver, viver com respeito aos outros."

O escritor ressalta que a cidadania é uma longa conquista que a leitura muito pode desenvolver:

"Aprendemos a conviver com a família, com os vizinhos, com os colegas de escola, depois com os colegas de trabalho e assim por diante. Esse aprendizado constante pode ser muito ajudado por experiências alheias, de gente distante de nós, os escritores e seus personagens, a nos mostrar como é possível entender mais e reagir melhor aos fatos da vida. A arte nos humaniza, por fora, nas atitudes e posturas, e por dentro, nas emoções e sentimentos, tornando a vida mais rica, no melhor sentido da palavra: riqueza interior."